Frank Rehn

# ZU

## Roman

Copyright: © 2017: Frank Rehn
Umschlag & Satz: Erik Kinting – www.buchlektorat.net
Titelgrafik: Loreen Grimm

Verlag: tredition GmbH, Hamburg

Bibliografische Information der Deutschen Nationalbibliothek:
Die Deutsche Nationalbibliothek verzeichnet diese Publika-
tion in der Deutschen Nationalbibliografie; detaillierte bibliografische Daten sind im Internet über http://dnb.d-nb.de ab-
rufbar.

*»Du nicht sagen NEIN-NEIN, du sagen JA-JA!«*
Girolamo (»Mimmo«)
Allgemeines Krankenhaus Hagen

# Inhalt

## Kapitel 1

# Himmi ist weg

Der dicke Udo meinte hinterher: »Ich glaube, wenn der gewusst hätte, dass er an fünf Flaschen Bier stirbt, dann wär er noch rot geworden.«

Der dicke Udo ist selbst Voll-Alkoholiker, vielleicht hat er ja deshalb so geredet. Er ist Koch im Happy End und schon mindestens acht Jahre als Aushilfe dabei. An dem Tag, als wir alle die Nachricht erhielten, kam er abends mit zwei Tellern Leberkäse aus seiner versifften Küche, stellte sie vor Ernst-Günter auf die Theke und sagte bedeutungsvoll: »Tja, der Weg allen Fleisches.«

Ernst-Günter legte seine Jacke mit dem Futter nach oben auf seinen Schoß und begann zu essen. Dann sagte er zum dicken Udo: »Meinst du das wegen Himmi?«

Der dicke Udo war zwar schon auf dem Rückweg in die Küche, konnte Ernst-Günter aber trotzdem gut hören. Er sagte zuerst nichts.

Nach einer Minute jedoch kam er wieder raus: »Dir schmeckt's ja wohl trotzdem!«

Ernst-Günter sah auf seinen Teller. Die Scheibe Leberkäse hing schlapp und schief über den Bratkartoffeln und berührte mit einer Ecke die Theke. Er saß noch ungefähr zwei Minuten kerzengrade da, wenn ich richtig hingesehen habe, dann ging er aufs Klo. Als er wiederkam, bestellte er sich ein Bier. Er trank es aus und bestellte noch eins. Und so ging es weiter, bis das Happy End dicht gemacht wurde, also bis ungefähr zwei Uhr. Und genau so lange blieb sein Teller unberührt vor ihm

auf der Theke stehen, mit dem Leberkäse und den Bratkartoffeln und dem Salat.

Einmal kam Horst und fragte, ob er den Teller wegräumen
sollte, aber Ernst-Günter sagte: »Ich bin noch nicht fertig!«
Horst hatte längst verstanden. Er hielt sich zurück.

Und dann drückte Ernst-Günter alle seine Kippen auf dem
Leberkäse aus. Der Teller war hinterher gespickt damit. Danach kippte er noch einen Aschenbecher drauf. Und dann
sein Geld: Er holte nicht etwa einzelne Scheine raus, sondern
kippte sein Portemonnaie komplett über dem Haufen Fleisch
und Asche aus. Bis zum Schluss starrte er in Richtung Küche,
obwohl der dicke Udo schon längst hinten raus nach Hause
gegangen war. Ich glaube, Ernst-Günter hatte noch enorm
Lust, den Teller in die Küche zu schmeißen, aber er sagte nur
über den dicken Udo: »Der hat Glück gehabt, dass er nicht
mehr aus seinem Loch gekommen ist.« Dann ging er langsam
aus der Tür. Ich stand auf, bezahlte schnell und ging auch.

Draußen wartete Ernst-Günter und hatte die Hände in die
hohen Taschen seiner kurzen Jeans-Jacke gesteckt. »Fährt
noch'n Bus?«

»Um elf ist der letzte gewesen.«

»Kann ich bei dir pennen? Ich hab morgen Frühschicht.«
Ernst-Günter war in einer Süßwarenfabrik Einrichter. Die
Fabrik lag in der Nähe von meinem Zimmer. Und deshalb
konnte er bei mir den weiten Anfahrtsweg von Bornheim sparen, wo er wohnte. Also wankten wir zu mir.

Als er nachts neben meinem Bett auf dem Fußboden lag und
schnarchte, wäre ich gern aufgestanden und hätte noch Musik
gehört. Das war eins meiner erfolgreichsten Schlafmittel.
Aber Ernst-Günter hatte nur noch drei Stunden, bis er wieder

aufstehen musste, und ich konnte jetzt natürlich keinen Krach machen. Ich selber konnte ja morgen ausschlafen, weil ich tagsüber nichts vorhatte. Eigentlich. Und außerdem dachte ich über etwas nach, was Ernst-Günter mir erzählt hatte, als wir den Schlafsack und mein Sofakissen für ihn zurechtgelegt hatten: »Himmi wollte eigentlich verbrannt werden. Das hat er mir mal gesagt. Aber jetzt wird er eben beerdigt.« Deshalb blieb ich wach liegen und überlegte noch ziemlich lange. Dann schlief ich endlich auch ein, für ungefähr zwei Stunden.

Erschrocken wachte ich auf. Ich knipste mein Nachttischlämpchen an und sah Ernst-Günter neben mir: Er lag auf dem Rücken, also in der sogenannten »Königshaltung«. Ich habe das mal in einer Frauenzeitschrift gelesen. Es gibt nicht viele, die auf dem Rücken schlafen, nur Leute, die keine Angst haben. Ernst-Günter ist so einer.
Jetzt lag er da und atmete heftig. Ich dachte, er atmet gleich das Zimmer leer. Er hatte einen ziemlich großen Schnauzbart, der sich beim Öffnen des Mundes bewegte. Die Schnurrbartenden verschoben sich und flogen ein bisschen nach oben, wenn er ausatmete. Genauso wie die Propellerflügel von einem Flugzeug in einem Zeichentrickfilm, den ich mal gesehen hatte: der Propeller wurde von einem Magneten angezogen und verbog sich dadurch völlig. So ungefähr sah es aus.
Ich wusste nicht, was mich so erschreckt hatte, aber mir war merkwürdig zittrig zumute. Ich machte das Licht wieder aus und versuchte, noch einmal einzuschlafen. Ich probierte es auch mal in der Königshaltung, aber es funktionierte nicht.
Ich hatte auf einmal richtig Angst. Nicht vor etwas Bestimmtem, viel mehr vor gar nichts. Ich wartete einfach die Zeit ab. Es war eine ziemlich schwarze Nacht. Ich dachte an Himmi.

Himmi war einer der echten Stammkunden im Happy End gewesen. Er war irgendwie immer da. Er saß meistens ganz aufrecht auf seinem Barhocker, das hat mich immer wieder verblüfft. Er fiel schon beim Reinkommen auf. Er sah aus wie jemand, der gerade verhört wird und genau überlegen muss, was er sagt. Ganz steif und konzentriert. Dabei hat Himmi eigentlich selten mit den anderen im Happy geredet. Er hat immer nur Bier getrunken, das aber in einem enormen Tempo. Gegessen hat er nie was, außer einige Male einen Imbiss, der bei Horst »Rentnerpimmel im Schlafrock« heißt. Das ist ein Hotdog, der komplett aus der Folie gezogen wird und in der Mikrowelle nach einer Minute fertig ist. Dieses Zeug gab's immer gegen zwei Uhr, wenn der dicke Udo längst Feierabend hatte und schon wieder selber Gast war. Himmi aß aber meistens nichts und wartete auf nichts. Er saß immer nur aufrecht da und sah geradeaus. Er trug meistens eine Flanellhose und ein Hemd. Es waren teilweise Sachen, die er schon getragen hatte, als er noch zu Hause bei seinen Eltern wohnte. Das war schätzungsweise 20 Jahre her, deshalb waren ihm ein paar seiner Hemden zu eng geworden. Sie waren aber aus so einem Stretchstoff, der sich ganz gut dehnte, wenn er sich nach vorne beugte, um nach seinem Glas zu greifen. Ansonsten saß er, wie gesagt, einfach nur gerade da, und sein linker Arm hing an der Seite runter. Er ließ immer den einen Arm wie gelähmt an sich herunterhängen, obwohl der Arm völlig in Ordnung war. Wenn ich mich neben ihn setzte, drehte er nie den Kopf und sah mich an, sondern sagte nur: »Und, Ulrich, alles klar?«

Himmi ist tatsächlich an fünf Flaschen Bier gestorben – sozusagen. Er hat sie aber nicht ausgetrunken. Er war nämlich herzkrank. Er war natürlich auch Säufer, sonst wäre er nicht jeden Abend im Happy End gewesen. Aber hauptsächlich war er ziemlich herzkrank. Er hatte schon einmal einen Infarkt gehabt, vor zwei Jahren. Er hatte ihn im Auto beim Fahren gekriegt, als er mit dem Kurierfahrzeug einer großen Firma in Bonn unterwegs war, bei der er damals einen Aushilfsjob hatte. Er spürte auf einmal einen riesigen Druck in der Brust und dass ihm schlecht wurde, fuhr auf den Randstreifen und setzte sich neben dem Auto erst mal auf den Boden. Er wartete. Dann hielt ein anderes Auto vor seinem an und der Fahrer holte einen Krankenwagen.

Als die Sanitäter kamen, sagte Himmi zu ihnen: »Hier, fühlen sie mal!« Sein Herz schlug wie eine Trommel und so stark, dass man es durch sein Hemd deutlich sehen konnte. Es flatterte richtig, als hätte er einen kleinen Vogel unter dem Stoff. Dann fragte er: »Ist das jetzt lebensgefährlich?«

Die Rettungssanitäter sagten nur: »Legen Sie sich bitte sofort hin!« und hoben ihn in ihren Wagen.

Später erzählte mir Himmi, dass die Fahrt ziemlich angenehm gewesen war. Er hat keine Angst gehabt. Er redete die ganze Zeit mit den Sanitätern und fragte sie andauernd, ob sie mal das Fenster aufmachen könnten. Und ob sie für ihn seine Ex-Freundin Heike anrufen würden.

Ich lag also im Dunkeln und dachte an Himmi. Ich erinnerte mich an viele Sachen mit ihm. Dann hörte ich ein komisches Geräusch und setzte ich mich wieder auf. Wo war Ernst-Günter? Er war nicht mehr im Zimmer. Ich musste trotz der vielen Gedanken kurz geschlafen haben.

Ich stand leise auf und öffnete die Tür zu meiner Küche. Der Disco-Strahler war an – ich habe keine Deckenlampe, an der

Decke hängen nur ein paar Drähte aus dem Putz. Außerdem ist die Leuchtröhre über der Spüle kaputt. Deshalb habe ich die Disco-Kugel in die Küche geschafft. Sie drehte sich langsam und ließ schöne rote, grüne und gelbe Tupfer über Wände und die Decke wandern. Wie bunte Sterne drehten sie sich langsam um Ernst-Günter herum, der am Küchentisch saß.

Ernst-Günter hatte sich schon angezogen und trank einen Becher Kaffee. Er las gerade die Beilage vom »Schaufenster«, einer Bonner Gratis-Zeitung. Er las etwas über ein Garten- und Freizeitcenter. Ich konnte in dem bunten Licht erkennen, dass er Bilder von Rasenmähern betrachtete. Er hatte ziemlich viel Kaffee verkippt und mit dem Becher Ränder auf den Tisch gemacht, und zwar so, dass sie einen Kreis bildeten und es aussah wie die Blätter einer Blume.

Ich sah auf die Uhr, es war sechs. Ich setzte mich in der Unterhose an den Tisch.

Ernst-Günter sah mich nicht an, sondern sagte nur: »Er wollte nicht beerdigt werden.«

»Wer?«

»Himmi.«

Ich fing wie so oft mit meinem endlosen »Ähm, hmm, also ...« an, um zu überlegen. »Wieso?«, fragte ich endlich.

»Er wollte nicht beerdigt werden!«, sagte Ernst-Günter jetzt ziemlich deutlich. »Er – wollte – es – nicht.«

Da erst sah ich in dem bunten Licht, dass auf dem Küchentisch was lag, was ich nicht da hingelegt hatte. Es war eine Ansichtskarte. Sie war einmal gefaltet, wahrscheinlich, weil sie so in die Hosentasche passte. Ernst-Günter hatte sie mitgebracht. Ich streckte sehr langsam meine Hand danach aus, hätte ja sein können, dass er etwas dagegen hatte. Es war eine Ansichtskarte aus Kreta. Sie war von Heike. Himmi hatte sie im Happy liegen lassen, an irgendeinem Abend. Ich zupfte sie zu mir rüber. Auf dem Foto vorne drauf war ein altes griechisches Ehepaar zu sehen. Es waren Fischer. Sie saßen irgendwie bergab auf wackeligen kleinen Stühlen vor einer weißen Mauer. Die Frau trug ein schwarzes Kleid und war ganz bucklig. Der Mann saß etwas gerader. Er trug graue Hosen und keine Socken in den Schuhen. Er hatte ein weißes Hemd an und trug darüber einen karierten Pullunder. So saßen sie nebeneinander. Ziemlich alt, aber sie machten einen ganz zufriedenen Eindruck. Ich konnte nicht das ganze Foto sehen. Am merkwürdigsten an der Karte war, dass über das Foto ein Fünfzig-Pfennig-Stück geklebt war. Mit Tesafilm. Es hatte die ganze Reise gehalten und war nicht abgegangen. Nun war es hier.

Ich drehte die Karte um und las sie durch:

»Lieber Herbert, das Hotel hier ist sehr schön. Ich habe einen Balkon und sehr viel Sonne. Jeder Tag ist ein Sonnentag. Ich wollte das so sehr und nun ist es da. Eine nette Frau hat mir gesagt, ich soll Buttermilch gegen den Sonnenbrand auftragen. Mein Bett knarzt ziemlich, aber ich liege ganz still. Es ist so heiß. Es wäre schön, wenn du hier wärst. Kreta wäre gut für dich. Ein kleines Andenken lege ich bei. Hoffentlich hält es. Morgens gibt es ein Buffet mit viel Obst und Weißbrot und jeder kann sich ein eigenes Ei in einem Kocher für 16 Eier kochen und dann abholen. Abends gehe ich an den Strand. Ach, Herbert. Viele Grüße, Deine Heike.«

Ernst-Günter starrte auf den Boden zwischen seinen Beinen, als ich die Ansichtskarte las. Er sagte: »Die Karte hat tagelang im Happy rumgelegen. Bernie und Püppi, Horst und Udo und jeder Idiot haben sie gelesen. Himmi hat sie mitgebracht und besoffen auf der Theke liegen lassen. Sie ist locker fünf Tage rumgeflogen und Horst wollte sie schon wegschmeißen. Das Fünfzig-Pfennig-Stück ist nicht abgegangen. Hätt ich nicht gedacht. Horst hat Himmi dann drauf angesprochen. Er hat ihn gefragt, ob er sich noch um seine Post kümmern würde. Himmi hat Nein gesagt. Horst meinte dann zu ihm: Nein? Und deine Freundin? Wer kümmert sich jetzt um die? Himmi hat nicht geantwortet. Nicht antworten konnte er ja gut. Aber dann sagte er doch was, nämlich sein scheiß Lieblingswort: Keiner.«

»Ich muss um halb sechs anfangen«, sagte Ernst-Günter nach einer Weile. »Das geht jetzt nicht mehr.« Er saß aber trotzdem ganz ruhig da, so als ob das alles nicht so wichtig wäre, und studierte das Angebot für den Rasenmäher, der mit dem Spruch »Sonntags Ja!« beworben wurde.

Ich holte Brot, Butter, Orangenmarmelade, Milkana-Streichkäse, Exquisa-Kräuterkäse und noch andere Sachen auf den Tisch.

Ernst-Günter sah sich die Sachen kurz an und sagte dann: »Ich ruf die mal an.« Er stand auf und drückte sich hinter mir vorbei aus der Küche.

Ich hörte, wie er sagte: »Ich komm später, Chef, okay?« Dann gab es ungefähr zehn Sekunden Pause. »Okay.« Ernst-Günter legte auf.

»Na prima«, sagte er leise, als er wieder reinkam. Er zog die Kaffeekanne zu sich rüber.

Ich fragte: »Was, prima?«

»Ich brauche nicht hingehn. Sie haben einen aus der Endkontrolle, der das macht.«

Er schnitt ganz langsam vier enorm dicke Scheiben Butter ab und legte sie auf eine Scheibe Brot. Das Brot sah mit den Butterplatten aus wie ein Schiff mit jede Menge Fracht. Über

Ernst-Günters Arme segelten gemächlich die bunten Farben vom Strahler.

Dann steckte er das Brotmesser in die Butter: »Ich hab noch über 200 Überstunden, aber nicht einen Tag frei krieg ich. Scheiße!«

»Aber du hast doch heute frei gekriegt!«

Ernst-Günter sagte: »Das sagen sie oft, wenn man sich krank meldet oder nicht kann. Es ist nicht schlimm. Da kannst du dran sehen, dass sie dich nicht brauchen. Ärger machen sie bei denen, die sie behalten wollen. Die Ratten! Verdammte Scheiße!«

Ich kaute gründlich und überlegte, was ich dazu sagen sollte, aber mir fiel nichts anderes ein, als auch zu sagen: »Scheiße!«

»Außerdem find ich's nicht richtig, dass Himmi jetzt beerdigt wird«, sagte Ernst-Günter. Er rührte in seinem mindestens vierten Kaffee herum, wieder so, dass alles überlief. »Jeder weiß, dass er das nicht gewollt hat. Er wollte das nicht, und deshalb darf er auch nicht im Sarg beerdigt werden. Er hat vor Kurzem gesagt, dass er im Grab aufwachen wird. So'n Scheiß hat er erzählt. Aber jetzt ist er tot und es ist immerhin sein letzter Wille gewesen.«

Ich wusste, was Himmi über das Beerdigen erzählt hatte, ich war nämlich damals dabei gewesen. Sie hatten im Happy End darüber schwadroniert. An der Theke hatte einer aus dem »Express« vorgelesen. Da hatte gestanden, dass sie Gräber aufgemacht hatten und andauernd welche dabei waren, in denen die Gerippe nicht auf dem Rücken lagen, sondern knieten, als ob die Begrabenen versucht hätten, den Deckel aufzudrücken. Das hatte Himmi und Ernst-Günter beschäftigt. Sie stritten darüber, wie sie selbst beerdigt werden wollten. Sie hatten eine Menge ziemlich dämlicher Einfälle. Himmi redete erstaunlich viel in dem Moment. Er hatte Angst vor der Erdbestattung, weil er Angst vor der Enge hatte. Er hasste einfach alles, wo es ihm zu eng wurde. Ich kann mir Sachen gut merken. Ich weiß genau, dass er sagte: »Ich hasse alles, was eng ist!« Er hasste enge Pullover, enge Zimmer und enge Henkel an Kaffeetassen. Er konnte es nicht gut ertragen, wenn ihn in der Schlange im Stüssgen einer von hinten drückte. Und außerdem hasste er enge Kragen und zu kleine Kästchen beim Ausfüllen von Anträgen. Lauter solche Sachen. Ernst-Günter sagte damals: »Aber hier vorne ...« – er meinte die Theke – »... hast du's gerne kuschelig.« Ernst-Günter lachte und Himmi musste auch grinsen. Sie hatten ihr Späßchen. Aber Himmi sagte dann tatsächlich, dass er lieber verbrannt würde, als begraben. Es war sein Wunsch. Er sagte: »Wir brauchen uns dann nicht mehr, mein Körper und ich.« Ich habe ihn damals gefragt: »Was bleibt denn übrig, wenn dein Körper weg ist?« Und Himmi sagte: »Jemand.«

Ich machte mir genauso wie Ernst-Günter ein Brot mit total dicken Butterscheiben, weil die Butter wieder so hart war, dass man sie schneiden musste. Dann machte ich genauso dick Exquisa Kräuterkäse drauf.

Mir fiel auf einmal etwas ein: »Ey, wann ist denn die Beerdigung?«

»Übermorgen, glaub' ich.«

Ich überlegte kurz und sagte: »Wir müssten nur zum Beerdigungsinstitut und darauf bestehen, dass es Himmis Wille war, nicht beerdigt zu werden. Wir müssten nur anrufen. Ich meine, das könnte man ja wenigstens versuchen.«

»Blödsinn! Das ist alles längst passiert. Die haben doch schon das Grab ausgehoben.«

Das stimmte wahrscheinlich, aber ich meinte: »Und wenn nicht? Wir hätten mindestens fünf Leute, die Zeuge sind, dass es sein letzter Wille war, nicht unter die Erde zu kommen.«

Ernst-Günter sah mich an: »Und jetzt? Sollen wir jetzt hinrennen und erzählen, dass wir Himmi aus der Kneipe kennen und dass er verbrannt werden will?«

Ich sagte: »Ich ruf' um acht an.«

Als es acht Uhr war, rief ich beim Bestatter an. Ich hatte mich vorher schon bei Himmis Nachbarin erkundigt, die wusste, welche Firma ihn beerdigte. Sie sagte: »Der is beim Strothmann, in Mehlem, alteingesessenes Geschäft!« Dass er ein Reihengrab hätte und dass es in der Nähe aber auch ein brandneues Urnenfeld geben würde.

Strothmann war nicht da. Es ging nur ein Anrufbeantworter an, der sagte: »Wir nehmen uns Zeit für Ihre Wünsche und Fragen.«

Ich setzte mich wieder an den Tisch zu Ernst-Günter. Es war draußen mittlerweile hell geworden und der Discostrahler erleuchtete kaum noch die Küche.

Dann kam Ernst-Günter aus der Reserve: »Komm, wir fahren da jetzt einfach mal hin!«

»Wie denn? Ich hab nur ein Rad.«

»Wir haben aber noch das von Himmi. Das steht vorm Happy, seit er damals damit auf der Autobahn war. Ich weiß die Nummer vom Schloss.«

»Wie ist die Nummer?«

Ernst-Günter sagte: »Sechs, vier, drei, sechs.«

Ich überlegte, was mir die Zahl sagen könnte, bis Ernst-Günter meinte: »Was ist, träumst du wieder?«

Wir fuhren erst zusammen auf meinem Fahrrad zur Kneipe in der Altstadt und dann mit zwei Fahrrädern weiter zu Strothmann. Wir mussten durch die Fußgängerzone über den Marktplatz und dann noch unheimlich lange an der B 9 entlang. Und dabei war eins komisch: Zuerst fuhren wir nicht so schnell, eher gemütlich. Aber nach ungefähr 20 Minuten wurden wir immer schneller, als ob wir zu spät kämen oder vor irgendwas flüchten würden. Wir strampelten zum Schluss wie wild die B 9 lang und bretterten über jede rote Ampel. Ich knallte einmal gegen so einen rot-weißen Metallpfahl und flog hin. Trotzdem fuhren wir wie die Irren weiter und waren klatschnass geschwitzt, als wir ankamen.

Die Räder legten wir auf den Boden, weil es nichts zum Anlehnen gab. Wir sprangen die Treppe zum Eingang rauf und klingelten. Es dauerte, sagen wir mal, eine ganze Minute, dann kam ein Mann raus. Ich war irgendwie überrascht, dass er kein Schwarz trug, sondern ein rosa Hemd und eine graue Anzughose. Er sah elegant aus und ließ ganz lässig an der einen Hand einen Autoschlüssel baumeln, anscheinend wollte er gerade fort.

Ernst-Günter sagte keuchend: »Guten Tag, ist Herr Strothmann da?«

»Der steht vor Ihnen, meine Herren. Was kann ich für Sie tun?«

Ernst-Günter erwiderte: »Wir haben einen Freund, der bei Ihnen beerdigt werden soll. Er heißt Herbert Himmen. Er soll in der Erde beerdigt werden, wir wollten jedoch sagen, dass er das nicht gewollt hat. Er würde gerne verbrannt.«

Herr Strothmann fragte: »Haben Sie irgendeine Vollmacht?«

Wir sagten gleichzeitig: »Nein.«

Strothmann meinte: »Uns ist der Wille des Verstorbenen sehr wichtig, das ist im Grunde entscheidend, aber ansonsten sind wir angewiesen, davon auszugehen, dass die Hinterbliebenen die Art der Bestattung regeln. Das heißt, dass es genaue Verordnungen gibt, nach denen wir uns richten. Der Herr Himmen hatte keine Ehefrau, keine Kinder, keine Eltern, keine Verlobte. In der Reihenfolge müssen wir den Leuten Gehör schenken. Er hat eine Schwester, die wir jedoch nicht erreichen konnten. Eine andere wollte uns nicht antworten. Alle anderen können wir schwerlich bestimmen lassen, was mit dem Leichnam geschieht. Das müssen Sie verstehen.«

Ernst-Günter sagte: »Aber wir kennen Himmi schon seit zehn Jahren. Oder so. Wir haben fünf Leute, die bezeugen können, dass er verbrannt werden will.«

»Wie sollen wir das denn jetzt nachprüfen? Mir wäre es ja recht, aber das Grab ist schon längst bestellt und der Sarg ist da. Meine Herren, das ist jetzt nicht mehr zu ändern. Sie sind sicher liebe Freunde von Herrn Himmen, aber hier kommen Sie umsonst. Da hätten Sie früher etwas sagen müssen.«

Ich fragte noch: »Ist es ausgeschlossen, dass er noch verbrannt werden kann?«

Strothmann sagte: »Ganz entschieden: Ja.«


Als Strothmann wieder im Haus war, standen wir erst noch eine Zeit lang auf dem Hof herum. Ernst-Günter drehte sich eine und rauchte sie gierig auf.

Ich war plötzlich ziemlich müde. Wir stiegen auf die Räder, und beim Abfahren meinte Ernst-Günter: »Da können wir auch direkt zum Happy.«

Wir fuhren zurück, diesmal langsam. Ich dachte während der Fahrt wieder an den Tod von Himmi: Er war nach der Sperrstunde zur Tanke nebenan gegangen und hatte fünf Flaschen Bier gekauft. Er hatte sie ganz kalt aus dem großen Flaschenkühler gezogen. Danach musste er in der Schlange vor der Kasse ziemlich lange warten. Er presste die Flaschen an die Brust und das war das Schlimmste, was er machen konnte. Mehrere Ärzte hatten ihn gewarnt, dass Kälte noch schlimmer wäre als Hitze nach einem Infarkt. Als er an der Kasse ankam, wurde ihm wieder schlecht und er neigte sich ganz komisch über die Verkaufstheke. Er setzte sich dann auf den Boden und legte sich anschließend auf die Seite. Die Flaschen rollten alle weg, über die Fliesen unter die Regale. Dann starb er. Das hat mir die Aushilfe von der Tankstelle erzählt. Ich stellte mir das alles vor, während wir wieder an der B 9 entlang fuhren.

Nach einer halben Stunde waren wir da. Wir waren die ersten Gäste. Kein Wunder, um diese Zeit! Es roch noch nach dem Rauch von gestern, aber auch nach Putzmittel. Ich setzte mich auf denselben Hocker, auf dem ich am letzten Abend gesessen hatte.
Der dicke Udo machte allein die Theke. Er sagte: »Was is 'n mit euch los? Habt ihr durchgemacht oder was?«
Ernst-Günter beachtete ihn nicht, drehte sich eine Zigarette, zupfte ganz langsam die raushängenden Tabakteilchen ab, zündete sie an, nahm einen Zug, ließ den Rauch durch die Nase wieder raus und sagte zu mir: »Und, Ulrich, alles klar?«

**Kapitel 2**

# Glück

Das Gute am Happy End war, dass man schon nachmittags hingehen konnte. Und das Beste waren die Tage, an denen es draußen warm war. Ich ging am liebsten hin, wenn es Samstagnachmittag war und ein heißer Sommertag. In der Stadt war dann nichts los und es fuhren draußen nur wenige Autos vorbei. Horst klappte an solchen Tagen immer die Türflügel zur Straße auf. Wir sahen beim Biertrinken auf die Straße raus und dahinter auf die Betonwand vom Stadthaus. Viele finden, das Stadthaus ist ein hässlicher Betonbrocken, aber ich habe das Stadthaus immer gemocht, weil es breite Treppen und innen drin viele Gänge hat, wo nichts los ist. Weil es so hässlich ist, ist es wunderbar menschenleer. Man kann zu Fuß auch einige Abkürzungen in die Altstadt nehmen. Drumherum ist es laut und die Autos und Fahrradfahrer nerven, aber wenn man durchs Stadthaus geht, ist es kühl und ruhig und nur wenige Leute kommen einem entgegen. Und bis man auf der anderen Seite wieder die Treppe runtergeht, ist man schon fast ein wenig erholt.

Jedenfalls saßen wir an solchen warmen Tagen gerne im Happy. Horst kam angeschlendert und brachte uns Bier und sah ansonsten von hinter der Theke raus zur Straße und auf das Stadthaus und war genauso froh wie wir, im Schatten zu sein. Wir sahen draußen zum Beispiel Leute mit ihren Einkauftaschen, die aus der City kamen. Oder Autofahrer, die einen Parkplatz suchten und zweimal oder sogar dreimal ganz langsam vorbeifuhren. Oder Leute, die man kannte, aber nicht so gut, dass man rausgegangen wäre, um sie zu grüßen.

Oder Leute, die ihr Fahrrad schoben, mit einer Kiste Mineralwasser hinten drauf. Es waren alles so einfache Sachen, denen man aber gerne zusieht, wenn man zusammen sitzt und Bier trinkt. Wir saßen gemütlich im Happy und schwitzten und sahen den Leuten von drinnen zu und es war irgendwie alles gut, ein Gefühl, als ob wir mit allen Leuten, die vorbeikamen, gut auskommen würden.

Bernie saß an einem dieser Tage an dem Tisch, der direkt am Gehsteig stand. Er hatte eine große Apfelsaftschorle vor sich stehen und trug seine Nappalederjacke. Er trug ewig diese Jacke, auch wenn es mindestens 30 Grad warm war. Es war ihm egal. Sein Bauch hatte einen Knick, wo der Tisch dagegen drückte. Unter dem Tisch tappte er mit dem Fuß zu diesem komischen Popsong, den Horst damals andauernd laufen ließ und den wir ganz gut fanden, obwohl keiner wusste, von wem er war. Ich meine, er hieß »Long long summer«. Ich weiß bis heute nicht, von wem er ist, aber er gefiel sogar Bernie, der sonst nur Schlager hört. Er ist ein großer Fan von Vicky Leandros oder Demis Russos oder anderen Schlagerstars aus Griechenland. Er hört normalerweise alles das gerne, was Horst nie auflegen würde.

Ich saß an der Theke und machte mein Portemonnaie auf, um nachzusehen, für wieviele Bier ich Geld dabei hatte. Ich hatte noch 27 Mark, das sollte reichen. Ich bestellte das »Sommerbier«, wie Himmi es nannte: Jever Pils.

Während Horst zapfte, sagte ich zu ihm: »Mann, keiner sagt was.« Horst sagte mit einem strengen Blick in die Runde: »Das halte ich für sehr hilfreich ...«

Ich sah nach rechts über die Theke weg, wo Himmi saß. Er saß in der normalen Himmi-Haltung da: ein Arm hing runter, ein Arm lag auf der Theke. Aber an dem Tag war etwas anders, was mich überraschte: Er trank keinen Alkohol. Das hatte ich im Happy End noch nie bei ihm gesehen.

Er sollte sich an dem Tag mit einer Studentin treffen, die er in einer Vorlesung über Ethik kennengelernt hatte und die gerade Examen machte. Es ging um Aristoteles, und Himmi hatte die Veranstaltung schon mindestens vier Mal seit 1990 besucht. Sie hatte gehört, dass er Doktorand war, und gefragt: »Wissen Sie vielleicht was über die Ethik von Aristoteles?« Das war eins ihrer Examensthemen.

Himmi wusste natürlich Bescheid. Als wir irgendwann mal bei ihm auf dem Balkon rumhingen, sagte er, dass ethische Fragen immer wieder zu Aristoteles zurückführen würden, auch wenn man gerade moderne Philosophen las. Für Aristoteles war das Glück am wichtigsten. Das Glück bekam man aber erst, wenn man tugendhaft lebte. Das war nicht streberhaft gemeint oder so, dass man auf viel verzichten müsse, im Gegenteil: Wer tugendhaft war, war laut Aristoteles automatisch richtig menschlich und damit glücklich.

Deshalb fragte Himmi die Studentin, ob sie schon was über die Eudaimonia gelernt hätte, so hieß nämlich das Glück.

Sie sagte: »Das haben wir schon mal gehabt.« Sie zögerte etwas und sah ihn direkt an: »Könnten Sie mir das noch mal erklären? Ich habe nächste Woche die Mündliche. Ich bezahle das auch. Fünfundzwanzig Mark für eine Doppelstunde.«

Himmi wurde da schon nervös, weil er Verpflichtungen eingehen musste und weil sie ihn siezte und weil sie so direkt war. Er versuchte, wie immer, auszuweichen und fing davon an, dass man die Ethik nur verstehen würde, wenn man auch alles andere von Aristoteles kenne, die Erkenntnislehre und die Lehre vom Sein und so weiter. Und dass nur mit diesem Vorwissen das Glück richtig begriffen werden könne.

Die Studentin unterbrach ihn und sagte: »Sie können das ja richtig gut! Und Sie sind nett.«

Dagegen konnte Himmi sich nicht wehren und deshalb sagte er zu. Und dann musste er raus aus der Uni und sich erst mal zu Hause in den Sessel schmeißen und ein Döschen knacken.

Um über alles zu reden, hatte sie ihn für diesen Tag ins »Aktuell« eingeladen, so eine merkwürdige Kneipe, in der man wie in einer alten Eisenbahn in kleinen Holzabteilen saß. Es liefen Schlager aus dem Radio und es kamen Kellnerinnen, die mit Sicherheit zu wenig Geld bekamen, alles brachten, was man bestellte, aber sehr unglücklich aussahen. Himmi wollte bei dem Treffen einen guten Eindruck machen. Er versuchte, vorher nichts zu trinken, deshalb trank er Apfelsaftschorle, genau wie Bernie.

Es war ungefähr fünf Uhr. Wir dösten rum und sahen alle raus auf die Mauer vom Stadthaus.

In dem Moment kam eine ziemlich dicke Frau auf Rollerblades vorbei. Sie stolperte mehr, als dass sie rollte. Auf einmal ruderte sie mit den Armen in der Luft und hielt sich an einem der Fahrräder fest, die gegenüber vor dem Stadthaus abgestellt worden waren. Aber das Fahrrad wackelte auch, und dann, ganz langsam, kippte das Rad um und die Frau mit den Rollerblades legte sich drauf. Es sah irgendwie aus, als ob sich ein großes friedliches Tier zum Rasten hinlegte. Wie in Zeitlupe. Die Frau lag hilflos auf dem Fahrrad. Sie lächelte uns zu und wir lächelten alle zurück.

Paul Merken, ein gutmütiger Alkoholiker, der immer mit einer Art Schulranzen durch die Gegend lief, hob wie zum Gruß sein Glas in ihre Richtung. Horst stellte sein Bananen-Weizen ab, drückte seine Zigarette in den Aschenbecher, ging über die Straße und zog die Frau an ihrem Sweat-Shirt und ihrem Gürtel wieder hoch.

Ich ging derweil rüber zu Himmi und setzte mich neben ihn.

Er sagte sofort: »Ich bleib hier.«

»Mann, Himmi, das kannst du nicht machen! Die Frau wartet auf dich!«

In dem Moment stellte Horst ein Bier vor ihn hin.

Ich sagte: »Lass das Bier doch sein. Ist doch egal, wenn's schiefgeht.«

Dann erzählte Horst, dass Himmi schon seit dem Mittag hier rumsaß. Zuerst hatte er nur Mineralwasser getrunken. Dann war er umgestiegen auf Cidre. Dann gab's mal zwischendurch ein Bier. Und dann wieder eine Schorle und so weiter. Nach jedem Glas hatte Himmi einen Streifen »Airwaves« gegen schlechten Atem gekaut. Er hatte bestimmt zwei Packungen davon verbraucht. In seiner Hosentasche steckte ein dickes Knäuel mit den ganzen Papierchen.

»Ich habe keinen Plan, wie ich das alles erklären soll. Ich bin unvorbereitet.«

»Wieso das denn? Du bist doch 'ne halbe Bibliothek?«

»Weil ich das alles seit Jahren keinem mehr erklärt habe. Die wird mir Fragen stellen, die ich nicht beantworten kann.«

»Aber du musst doch nur über Aristoteles reden. Das ist doch ein Heimspiel für dich.«

Himmi rieb sich mit der Hand über die Stirn. »Weiß ich nicht. – Kannst du nicht mitkommen?«

»Das geht nicht. Echt nicht!«, sagte ich. »Wie sieht denn das aus, wenn du zur Unterstützung jemanden mitbringst? Mann, Himmi, du musst doch noch irgendwie neue Leute treffen können. Du kannst dich doch nicht verstecken vor allen Leuten, die du nicht kennst!«

»Sag mal, wie sehe ich eigentlich aus? Ich meine meine Haut. Bin ich aufgedunsen?«

Ich sagte, um Zeit zu gewinnen: »Wie, aufgedunsen? Was ist damit?«

Himmi schob seine Auf-der-Theke-Hand zu mir hin, als ob man so was zuerst an der Hand erkennen würde. »Christian Breuer aus der Mensa sagt, ich wäre aufgedunsen. Ich wäre nicht mehr wiederzuerkennen.«

»Also dafür, dass du jeden Abend hier bist, siehst du eher fit aus. Nicht unbedingt drahtig, aber auf jeden Fall kompakt und griffig.« Was Besseres fiel mir nicht ein und Himmi wollte schon widersprechen, deshalb redete ich weiter: »Deine Hände sind groß und sportlich. Und es sind viele Haare drauf. Und außerdem hast du doch eine normale Figur. Also, wie ein normaler Mann. Wenig Hintern und breite Füße. Und das Bier geht nur in den Bauch und nicht in den Hintern und die Hüften. Und wenn du nicht immer so einen Pony tragen würdest, hättest du vielleicht eine schnittige Frisur. Ist doch alles in Ordnung, Himmi.« Ich sah Himmi an und er sah mich an.

Er senkte langsam die schweren Augenlider und grinste etwas. Er schob seine Hand noch ein bisschen weiter zu mir hin, als ob er wollte, dass ich sie ergreife. Er sah dann unter sich und flüsterte ganz bei sich: »Eudaimonia.« Das reichte ihm für den Moment. Da war klar, dass er nicht zu seiner Verabredung gehen würde.

Himmi blieb daraufhin beim Bier und erhöhte leicht die Schlagzahl. Ich dachte, jetzt holt er wahrscheinlich so einiges von heute Morgen auf.

Der einzige Trost bei Himmis Gewohnheiten war, dass er nicht rauchte, zumindest nur selten. Er hatte als Jugendlicher damit aufgehört, weil er sich wegen Heike eine Nikotinvergiftung geholt hatte. Sie waren beide mit der Klasse zum Zelten gefahren. Es war, als Himmi allmählich anfing, Heike gut zu finden. Sie hatte andauernd irgendwelche Launen und hielt sich damit nicht zurück. Sie sagte eines Abends, als alle beim Lagerfeuer saßen, in ihrer damenhaften Art: »Ich würde gerne Zigaretten Drehen lernen. Vielleicht kann der Herbert mir das beibringen ...« »Der Herbert« saß direkt neben ihr und war sofort total nervös und glücklich zugleich und zeigte ihr danach ungefähr zwei Stunden lang, wie man drehte. Heike fand es dabei »so sehr schade um die vielen Zigaretten, die niemand rauchen wird«, und weil Himmi damit imponieren wollte und den Dreh-Unterricht genoss, rauchte er die fertigen Zigaretten alle weg, eine nach der anderen, bis es dunkel war und Heike müde in ihr Zelt ging. Aber Himmi war einer von der Sorte, die auch danach noch beim Feuer mit den anderen sitzen blieb und weiterrauchte. Irgendwann stand er auf und lief andauernd über den Zeltplatz, stocksteif und total erregt. Dann lag er plötzlich auf dem Boden, erbrach sich und zitterte stark. Seitdem hat Himmi nur noch selten geraucht, nur ein paar Mal im Happy End.

Es war eigentlich immer sehr schön, neben Himmi im Happy zu sitzen. Er erklärte mir einfache philosophische Fragen, zum Beispiel den Unterschied zwischen Sein und Seiendem – immerhin schrieb Himmi seit acht Jahren an seiner Doktorarbeit in Philosophie. Jedenfalls offiziell. Wir redeten auch über Musik. Himmi hörte nicht viel, aber er kannte all die alten Bands aus den Siebzigern und Achtzigern. Früher hatte er am liebsten Rainbow gehört. Eins seiner Lieblingsstücke war »Catch the Rainbow«. Ich fand das auch gut, aber ich fand das alles zu lang und in Richtung Rock-Oper. Aber das war auch nicht so wichtig bei Himmi. Wir konnten auch mal eine ganze Stunde ohne was zu reden nebeneinander sitzen. Auch das war eigentlich schön. Wenn man Himmi dabeihatte, dann war jemand dabei, der immer, aber auch immer am Nachdenken war. Aber nie, niemals ließ er es raushängen. Er war einfach so und konnte nicht anders. Das war der Unterschied zu so vielen an der Uni, die ich mittlerweile kennengelernt habe.

An diesem Abend wurde es immer heißer im Happy. Es war ein merkwürdig heißer Sommer im letzten Jahr. Himmi war nun ziemlich blass. Das konnte natürlich an der Hitze liegen und an der geschwänzten Verabredung, aber er sah trotzdem irgendwie zu weiß aus und, würde ich sagen, noch mehr blass als es heiß war. Wir sahen gemeinsam raus, wo gerade ein älterer Mann mit weißem Schnäuzer um seinen riesigen weißen Mercedes herumging, um seiner Frau den Kofferraum zu öffnen. Den Motor ließ er bereits eine ganze Zeit lang laufen. Bevor er den Kofferraum aufmachte, sah er sich gemächlich und erhaben um. Er musterte erst mal die Umgebung. Die Abgase kamen zu uns reingewabert, aber keiner sagte was. Dann trat er vor und schloss auf. Seine Frau legte eine winzige Tüte in den Kofferraum. Dann ging er wieder zur Fahrertür, zog breitbeinig seinen Gürtel hoch und sah sich ein letztes Mal um. Er blickte zu uns rein. Dann stieg er ein und fuhr mit seiner Frau weg.

Himmi sagte: »Jeder Körper, der in eine Flüssigkeit getaucht wird und schwebt, ist so schwer wie die Flüssigkeit, die er verdrängt.« Ich überlegte, was er damit meinte. Vielleicht sagte er das wegen dem Angeber draußen. Es hörte sich ganz gut an. Ich dachte: Der hat recht! Dabei wusste wusste ich gar nicht, ob er recht hatte. Das ging mir andauernd so. Leute sagten etwas, und wenn ich nur halbwegs mitbekam, was sie wollten, hatten sie auch schon recht. Ich glaubte allen alles, einfach weil es leichter war. Ich weiß nicht, ob das infantil ist, wie Brigitte mal gesagt hat. Heute ist das jedenfalls nicht mehr ganz so wie früher.

Aber auch das war angenehm an Himmi: Er sagte nur dann was, wenn er es genau wusste. Ich konnte problemlos weitersagen, was er gesagt hatte. Er redete nicht viel, und wenn, dann ganz klar. Er war nie anspruchsvoll gegenüber anderen. Es war ihm zum Beispiel egal, was einer anhatte. Er selbst hatte wie gesagt immer dieselben Klamotten an: eine Herrenhose aus Stoff und seine bequemen Schuhe, die Heike immer die »Postangestellten-Schuhe« genannt hat. Heute trug er wieder das »cremefarbene Hemd«, das er zu Hause andauernd gesucht hatte. Es war aus der Abiturzeit. Himmi war ziemlich tolerant und geduldig, er konnte sehr gut abwarten, was bei anderen passierte. Er erzählte mir einmal einen chinesischen Spruch. Er lautet: »Warten ist eine Kunst.«

Mir fiel auf einmal auf, dass wir den Bläschen in unseren Biergläsern zusahen. Wir betrachteten beide die Kohlensäurebläschen, die innen drin hochstiegen, beobachteten, wie sie von unten losflogen. Sie gaben sich am Boden vom Glas einen Ruck, stiegen hoch und sofort danach machten sich schon wieder ein paar andere auf den Weg nach oben. Man wusste aber nie, wo die nächste starten würde. Wir sahen ihnen noch eine kleine Weile zu. Wir sprachen an diesem Tag nur noch extrem wenig miteinander. Fast gar nicht.

Als es gegen acht Uhr war, sagte Himmi: »Ey, Ulrich.«

Ich antwortete: »Ja.«

»Kommste mit?«

»Klar.«

Wir gingen raus und saßen fünf Minuten an der Haltestelle Stadthaus und fuhren dann mit der U-Bahn zur Beueler Kirmes. Ich hatte gar nicht gefragt, wo er hinwollte. Ich glaube deshalb, weil es egal war. Wir machten immer gerne was zusammen, wir konnten auch acht Mal dieselbe Rolltreppe fahren oder nur in einem Hauseingang sitzen und Dosen knacken und dumm lachen. Egal, es war irgendwie immer angenehm mit Himmi.

An diesem Tag fuhren wir also zur Beueler Kirmes. Wir fuhren Riesenrad. Mindestens eine halbe Stunde lang. Wir schwebten auf und nieder, vor und zurück gegen diese Lichterwand der Innenstadt von Bonn, die über den Rhein herüberglitzerte. Bis unser Geld fast alle war. Und auch dabei redeten wir nur ganz wenig.

Um elf Uhr ungefähr waren wir wieder zurück im Happy. Es war jetzt viel lauter und voller. Alle waren schon besoffen, und um die Rondell-Theke standen sie sogar in der zweiten Reihe. Horst kam mit dem Zapfen kaum hinterher.

An der Theke direkt neben der Tür stand Püppi. Er heißt eigentlich Rolf Püppekoven. Er arbeitete in einem Reifenlager und erzählte so ziemlich jedem, was er da machte. Er hatte wie immer einen seidenen Blouson in »Flieder«, einer damals halbwegs angesagten Farbe an, der über seiner Wampe sehr spannte. Deshalb sah man gut die spitzen Ecken seiner Zigarettenschachtel in der Jackentasche und jede Menge anderen Kram, den er hineingequetscht hatte. Er stand gerade neben einer Frau, die er schon seit Längerem gut fand, und erklärte ihr etwas. Er machte andauernd eine Bewegung mit der Hand, als wollte er eine Mücke in der Luft fangen. Er wollte wohl betonen, was er meinte, und schnappte andauernd mit der Hand vor ihrem Gesicht herum, und die Frau, die glaube ich Elke hieß, zuckte jedes Mal mit dem Kopf zurück. Ich wunderte mich, dass sie ihm überhaupt zuhörte, denn er hatte mal allen erzählt, dass ihre rote Lederjacke total nuttig und Scheiße aussehen würde und der dicke Udo hatte es ihr weitererzählt. Ein paar Tage danach war Püppi wieder da und hatte ihr von seinem Platz aus ein Bier bestellt. Als sie es hatte, drängelte er sich an der Theke neben sie und sagte, dass sie heute hervorragend aussehen würde mit ihrer schnellen Jacke und dass die ihren Typ wiedergeben würde und wie für sie gemacht wäre und so weiter. Und Elke hatte nur geantwortet: »Du hast echt Menschenkenntnis.«

Wir warteten, bis ein Hocker an der Theke frei war. Dann holte ich noch den, der vor dem Flipper stand, und wir quetschten uns zusammen. Himmi bekam ohne Kommentar ein Pils und einen Sambuca. Ich musste sagen, was ich wollte. Ich bestellte ein Pils. Im Happy End war wieder Oldie-Abend. Ich mochte den Oldie-Abend eigentlich nicht. Es lief nur die Langweiler-Mucke von CCR und den Doors und von Carlos Santana, den ich ganz schlimm finde, und der ganze Kram, den auch Himmi früher gehört hat. Horst stand hinter der Theke und zapfte und schob dazwischen die Ärmel von seinem hochgekrempelten karierten Hemd hoch, weil sie immer wieder über die Ellbogen rutschten. Er arbeitete wie im Akkord und sah aus, als würde er gar nicht mitbekommen, dass jemand in seiner Kneipe anwesend war. Dabei bekam er alles mit, absolut alles. Er sah nur mal kurz auf, als Klaus Vigge herein kam.

Klaus Vigge war auch einer, der mit allen reden wollte. Er hatte immer einen Mantel aus grünem Loden an. Es war immer noch 30 Grad warm oder mehr, aber er hatte seinen Mantel an und lief zwischen den Leuten herum und erzählte irgendwas. Horst stellte ein Glas Kölsch auf die Theke und gab Bernie ein Zeichen. Der nahm es, ging zu Klaus Vigge und gab es ihm. Klaus Vigge nahm das Bier und steckte es in die Manteltasche. Dann lief er weiter herum.

Horst hatte ihn mal gefragt, wie er heißt, weil er nicht bezahlen konnte. Er sagte: »Vigge.«

Horst sagte: »Vorname!«

»Klaus.«

»Und weiter ...«

»Vigge. Mit Vogel-F.«

Horst sagte: »Mit Vogel-F? Bist du panne oder wat?«

Aber Klaus Vigge erklärte ihm, dass er mit V geschrieben wurde und sagte: »Es ist das F von den Vögeln, das ich im Namen trage.«

Klaus Vigge war Halb-Penner. Er hatte früher mal Anglistik und Germanistik studiert. Er kannte sich gut aus mit mittelalterlichen Dichtern. Er erzählte von ihnen. Einer seiner Lieblingsdichter war Oswald von Wolkenstein. Der hatte ihn ziemlich beschäftigt. Klaus Vigge hatte irgendwann eine Hausarbeit abgegeben und dafür eine Vier gekriegt. Danach schrieb er nie wieder eine Hausarbeit oder machte einen Schein. Er ging einige Jahre nur noch zu den Vorlesungen. Er schrieb selbst viele Texte, jede Menge Gedichte, die er in der Mensa verteilte. Dann drohte ihm sein Vermieter an, ihn rauszuschmeißen, weil er die Miete nicht mehr bezahlte. Er versuchte, sich Geld von seinen Eltern und anderen Leuten zu leihen, was aber nicht klappte. Und dann bekam er eine Psychose und landete im LKH. Er hat danach viel mit anderen, richtigen Pennern zusammengelebt. Er hat auch oft draußen geschlafen, wenn es warm war, auf einer Bank in den Rheinanlagen, am Römerlager oder sonst wo, wo es ruhig war. Jetzt aber war er im betreuten Wohnen. Er schob den ganzen Tag über sein Fahrrad durch die Stadt. Er hatte es zusammen mit dem viel zu großen Lodenmantel für 20 Mark bei der Polizei ersteigert, sozusagen zum Paketpreis. Er holte sich abgelaufenes Gemüse auf dem Markt und saß ab und zu neben dem Münster auf dem Mäuerchen vor Leffers herum. Er trank wenig Alkohol und rauchte nicht. Er schob sein Fahrrad immer nur, ich habe nie gesehen, dass er damit fuhr. Als hätte er es verlernt.

Als »Many splintered thing« von Chris Cacavas vorbei war und die Musik einen Moment lang aufhörte, sah ich, dass Klaus Vigge sich der Theke näherte und etwas zu Horst sagte. Horst sah ihn steinern an und zögerte irgendwie. Dann machte er mit der Hand ein Zeichen, was soviel hieß, wie dass ihm etwas egal war. Klaus Vigge begann daraufhin laut zu sprechen und weil Horst die Musik ausmachte, hörten wir alle zu. Klaus Vigge versank in seinem Mantel. Sein Kopf federte beim Reden andauernd heraus, wie bei einem Geier der Kopf aus dem Gefieder. Er holte sein Glas aus der Tasche und trank das, was noch nicht in den Mantel gelaufen war. Dann sprach er: »Die Tiere, wisst ihr, die Tiere sind so wie wir. Aber jedes Tier ist wie ein Wunsch von den Menschen. Wenn wir dreihundert Jahre alt würden, dann wären wir wie die Riesenechsen. Und wenn man schön sein würde, dann wären wir wie die Giraffen oder wie ein schmucker Vogel. Und wenn uns Menschen alles egal wäre, dann wären wir wie die Elefanten. Jeder Wunsch ist wie ein Tier und wenn er in Erfüllung geht, dann sind wir so wie sie!«

Es war auf einmal ganz still im Happy. Es hatten alle zugehört. Einer, der schon ziemlich Schlagseite hatte, klatschte sogar. Klaus Vigge bekam ein Bier umsonst. Horst stellte es vor ihn hin und drehte sich schnell wieder um. Die Musik wurde wieder angemacht.

Hinter mir stand ein Mann, der auch ziemlich betrunken war. Er hatte ein enormes Doppelkinn. Ich dachte auf einmal »Wie ein Pelikan«, und was er wohl für einen Wunsch gehabt hatte. Er zog mich mit zwei Fingern am Ärmel meines T-Shirts und fragte: »Was is ein Schmuckervogel?«

Ich sagte: »Er meint schmuck.«

»Was für Schmuck?«

Ich überlegte erst mal und sagte dann: »Der Vogel sieht gut aus, deshalb ist er schmuck.«

Der Pelikan-Mann starrte mich an, dann drehte er sich um und ging mit seinem Bierglas ins Klo.

Als ich wieder zu Himmi sah, bemerkte ich, dass er ziemlich schwitzte. In all dem Lärm drehte er ausnahmsweise den Kopf und sah auch mich an. So wie er den Kopf drehte, drehen eigentlich nur Pferde den Kopf. Irgendwie zu langsam oder zu spät. Ich hielt ihm mein Bier hin, um mit ihm anzustoßen. Er hob sein Glas auch hoch, aber dann trank er es aus, ohne auf mich zu achten. Er bestellte sofort nach und bekam seinen Sambuca plus Bier. Mir brummte zwar schon der Schädel, aber trotzdem bestellte ich ebenfalls noch eins. Außerdem rauchte ich eine Zigarette, weil Bernie sie mir anbot. Eine »West Light«. Ich sagte zu Bernie noch: »Die schmecken genauso wie Normale«, da fiel das Glas von Himmi runter. Ich hörte es auf den Boden platzen, obwohl es gerade ziemlich laut war. Das Glas war Himmi runtergefallen, aber er hatte das überhaupt nicht bemerkt. Er saß ganz steif und normal da, wie immer. Dann aber schlenkerte er mit seinem linken Unterarm nach hinten und schleuderte auch den

Schnaps und das Bier von dem Mann neben ihm runter. Ich dachte, dass er total besoffen sein musste.

Da drehte er sich zu mir um und sagte: »Ich halt das nicht mehr aus.« Er sagte es ganz leise.

Kein Mensch außer mir verstand, was er sagte. Ich aber schon. Und jetzt sah ich, dass er nicht nur nass war vom Schwitzen, sondern dass er schon seit langer Zeit heulte. Himmi war völlig verheult. Er hatte das noch nie gemacht, es war das erste Mal, dass ich so etwas bei ihm sah. Ich hab das später nur noch einmal auf dem Schiff erlebt, aber sonst niemals wieder.

Er sah mich noch einmal an: »Ich halt das nicht mehr aus.«

Ich war ziemlich erschrocken, aber ich sagte: »Musst du ja auch nicht. Wir können ja gehen.«

Er sah mich an, schüttelte den Kopf und ließ ihn dann platt auf die Theke fallen.

Jetzt kam Horst herbei. Ich dachte, er sei wütend und wolle ihn zum Zahlen auffordern, aber er beugte sich ein wenig vor und legte den Kopf schräg, um Himmi besser ins Gesicht sehen zu können, legte die Hand in Himmis Nacken und sagte: »Himmi. Was ist los? Geht's gleich wieder?«

Himmi richtete sich wieder auf. Er setzte sich gerade hin, machte die Augen zu und atmete tief ein. Einer hielt ihm ein Päckchen Zigaretten hin, aber Himmi winkte ab. Er war ganz bleich.

Horst sagte jetzt etwas lauter: »So, und jetzt ab heim!«

Ich zog Himmi das Portemonnaie aus der Jackettasche und bezahlte seinen Riesendeckel. Dann bezahlte ich meinen, der auch 15 Mark ausmachte. Ich musste mir sogar fünf Mark leihen.

Beim Heruntersteigen vom Barhocker steckte Himmi irgendwie seinen Fuß innen rein, fiel um und krachte gegen den Flipper.

Dann waren wir endlich draußen. Ich ging mit ihm zum Bertha-von-Suttner-Platz, wo die Straßenbahn abfuhr. Es war noch nicht ganz ein Uhr und die letzte Bahn musste noch vorbeikommen. Wir setzten uns auf die Plastiksitze und warteten.

Die kühle Luft tat gut und wir saßen bald etwas entspannter da. Komischerweise rannten die Tränen immer weiter über Himmis Backen. Es hörte einfach nicht auf. Dabei schaute er gar nicht traurig oder erschreckt, eher ganz normal. Wahrscheinlich hatte deshalb auch niemand im Happy bemerkt, dass er weinte.

»Mann, Himmi! Was ist denn los?«

Er sagte nichts. Deshalb fragte ich noch mal: »Was hast du denn?«

Da sagte Himmi endlich was. Er schluckte beim Reden: »Ich habe überhaupt keinen Grund hierfür.« Er sah mich an, und die Tränen liefen wie Regen über sein Gesicht, das ganz ausdruckslos war. Dann sagte er noch mal: »Ich habe gar keinen Grund hierfür.« Er drehte sich weg und hielt die Hände vor sein Gesicht.

Etwas entfernt auf der Oxford-Straße knatterte ein Auto vorbei, das einen kaputten Auspuff hatte, sonst war es still.

Als Himmi sich nach ein paar Minuten wieder richtig aufsetzte, hockten wir nur noch da und guckten auf die Schienen. Mir fiel ein, was Himmis Schwester Brigitte über ihn gesagt hatte: »Himmi kann nicht mehr sprechen. Er will sich nicht hören. Er hört sich selber wie einen Blecheimer, in dem ein Stück Kohle rumpelt.«

Wir saßen noch ungefähr eine halbe Stunde an der Haltestelle. Es war eigentlich schön ruhig. Die Luft war angenehm kühl und man hörte immer nur Geräusche, die weit weg waren. Das mochten wir immer gerne: irgendwo sitzen, wo man etwas hören konnte, was aber weit weg war. Wie zum Beispiel am Rhein, wenn auf der anderen Seite ein Zug vorbeifuhr.

Ich sah ab und zu nach Himmi. Er hatte jetzt aufgehört zu heulen. »Guck mal hoch. Alles voller Sterne.«

Himmi sah aber nicht hoch. Er starrte stur geradeaus.

Ich sagte: »Ich hab letztens einen Film gesehen. Darin sagt einer: Die Sterne sind die Zähne Gottes. Und wenn er lacht, dann leuchten sie.« Ich sagte das, obwohl ich nicht wusste, ob das irgendwie aufmunternd wirkte.

Himmi zögerte, etwas zu erwidern, und sagte dann mit einer Stimme, die immer noch zitterte: »Sterne leuchten stark, wenn sie zusammenfallen. Man nimmt an, dass aus einigen Teilen neue entstehen ... Da kommt die Bahn!«

Die Straßenbahn quietschte und rumpelte mit ziemlich hoher Geschwindigkeit in unsere Haltestelle und bremste scharf, weil sie sich verspätet hatte. In der Bank direkt neben der Hintertür quetschten wir uns nebeneinander.

Eine Station weiter mussten wir noch ziemlich lange im Hauptbahnhof warten, weil wir die Leute aufnehmen mussten, die mit der letzten Bahn aus Köln kamen. Ich legte zwischendurch mal meine Hand auf Himmis Schulter. Er bewegte sich nicht, aber er nickte und sah unter sich. Dann fuhren wir weiter bis zur Heussallee.

Als Himmi seine Füße auf die untere Querstange vor uns stellte, sah ich, dass er die Socken trug, die Heike ihm mal gestrickt hatte. Es waren blaue Fische auf weißem Grund, weil Himmi vom Sternzeichen her Fisch war. Sie waren schon total ausgeleiert und ganz runtergerollt bis zum Rand der uralten Herrenschuhe, die noch von seinem Vater stammen konnten.

Von der Heussallee musste Himmi noch bis zur Hausdorffstraße gehen. Ich ging noch ein bisschen mit ihm und bog dann ab nach Friesdorf. Als ich »Tschö« sagte, sagte er »Tschö, Ulrich. Du bist in Ordnung.« Er sah mich an, aber als er sah, dass ich sein rotes, verheultes Gesicht betrachtete, sah er schnell weg und ging.

Ich ging weiter über die Karl-Barth-Straße und setzte mich noch kurz auf eine Bank am Südfriedhof. Ich dachte kurz an Heike und daran, ob Himmi noch oft an sie dachte. Es war jetzt tiefe Nacht und sehr still und sehr schön. Vor mir lief ein Eichhörnchen über die Straße. Nach ein paar Minuten kam ein Auto vorbeigefahren. Sonst war es ganz frisch, kühl und ruhig und mir war in meiner Plastikjacke warm. Ich wäre gerne hier eingeschlafen statt zu Hause, aber ich musste natürlich heimgehen und das machte ich dann auch.

## Kapitel 3

# Man geht nie ohne Gruß

Eigentlich verstanden sie sich gar nicht richtig. Heike dachte über Sachen nach, die Himmi nicht interessierten, und andersrum genauso. Und trotzdem waren sie vier Jahre lang zusammen. Sozusagen. Heike erzählte Himmi andauernd, was sie gerade dachte. Und zwar alles, egal was. Himmi verstand oft gar nicht, worum es jetzt wieder ging. Sie fing meistens mit »Ach!« an. Zum Beispiel: »Ach, eine Caprihose in Zitrone hätte ich auch gerne!« Oder: »Ach, das kleine Haus da drüben ist genau meins. Das ist so gemütlich! Da oben am Fenster würde ich gerne hinaussehen.« Oder: » Ach! Warum grüßt du mich denn nicht, wenn du gehst? Man geht nie ohne Gruß!« Als sie das sagte, heulte sie ganz schlimm. Es war, als Himmi mal wieder mitten in der Nacht aufbrach und sie alleine ließ.

Warum genau sie sich nicht verstanden, habe ich erst von Brigitte erfahren. Sie hat nach Himmis Tod viel mit Heike geredet. Brigitte ist Himmis Schwester. Sie heißt also Brigitte Himmen. Normalerweise sind Geschwister unterschiedlich erfolgreich im Beruf, aber bei den Himmens war das anders, die waren gleich. Sie waren beide ziemlich arm und hatten nur einfache Jobs. Das heißt, die Kinder. Die Eltern waren sehr bürgerlich und wohlhabend. Brigitte und Himmi hatten aber keinen Kontakt mehr zu ihren Eltern, weil sie sie nicht mochten. Sie hatten den Kontakt gemeinsam abgebrochen.
Brigitte bekommt kein Geld vom Arbeitsamt und sie hat nur zwei kleine Jobs – als Brötchenservice in ihrem Haus und am Blumenstand auf dem Godesberger Markt. Sie meinte mal:

»Das passt zu mir.« Brigitte hatte fertig studiert, aber genauso wie Himmi Fächer, die nichts bringen. Zum Beispiel Ethnologie und Vergleichende Religionswissenschaften. Ihr Lieblingsthema waren die Megalithkulturen um 5000 vor Christus. Das waren Völker, die riesige Steine zu riesigen Figuren aufgestellt haben. Man kann sie heute noch in England und Frankreich sehen, aber auch in Malta. Brigitte sagte irgendwann mal: »Die werden noch lange stehen, wenn das Zeitalter des Schwachsinns bereits vorüber ist.«

Brigitte hat eine riesige Wohnung, die sehr billig ist, weil sie sie vom Vormieter übernahm, als sie noch Untermieterin war. Sie zahlt 350 Mark für 110 Quadratmeter. Ein Wahnsinnspreis! Dafür liegt die Wohnung aber an einer der befahrensten Straßen Bonns, der Reuterstraße, und es scheppert und brummt draußen andauernd. Brigittes Fenster sind immer ganz dunkel und trüb vom Staub. Alles liegt in einem braunen Dämmerlicht. Sie hat nur ganz wenige Möbel und eigentlich sind nur zwei von vier Zimmern möbliert. Und von denen bewohnt Brigitte meistens nur ihre Küche. Die Küche ist der einzige Raum, der nach hinten rausgeht. Hier hat sie nicht nur ihr Bett aufgebaut, sondern auch ihre Bücherregale und ihren Fernseher. Der steht neben der Spüle. Neben der Spüle stehen zwei Staubsauger, von denen einer kaputt ist. Und daneben stehen drei Kühlschränke, von denen zwei kaputt sind. Brigitte lässt sie einfach stehen, weil sie kein Auto und kein Geld hat, um sie wegzuschaffen. In einem bewahrt sie lauter Bücher auf, weil sie jede Menge davon hat. Wenn ich sie im letzten Jahr besucht habe, saß sie immer in der Mitte ihrer riesigen Küche an einem Tisch vor diesen drei Kühlschränken. Sie hat die Eigenart, fast nie das Licht anzumachen.

Wahrscheinlich wegen der Kosten. Sie macht das Licht einfach nicht an, wenn man im Hellen kommt und erst spät im Dunkeln wieder geht. Ich saß manchmal mit ihr da und alles wurde immer dunkler um einen herum, bis man sie nur noch erkannte, wenn sie die nächste Zigarette anzündete. Brigitte war dabei ganz gelassen und ruhig, trank schwarzen Kaffee und rauchte.

Brigitte ist eigentlich eine schöne Frau, aber sie hat keine schöne Haut. Sie ist irgendwie narbig, etwas uneben und verbeult. Deshalb gilt sie für die Leute nicht als besonders schön. Sie hat große Augen mit großen Wimpern, wie bei einem Reh in einem Zeichentrickfilm, trägt immer nur Jeans und ausgeleierte T-Shirts. Sie steht auf Pink, hat fast nur pinke T-Shirts und trägt ihre alten Turnschuhe. Sie hat ultragelbe Finger vom Rauchen und ansonsten ganz weiße Haut, wie Papier. Ihre Arme sind weißer als bei allen anderen Leuten, die ich kenne. Das sieht man immer deutlich, wenn man zu Besuch ist und es mal wieder dunkel wird in der Wohnung.

Himmi und Brigitte trafen sich öfter mal, obwohl sie ganz verschiedene Leute kannten und sich mit verschiedenen Sachen beschäftigten. Brigitte ging gern ins Woki-Kino und sah gern fern, Himmi sah überhaupt keine Filme. Brigitte las gerne Romane, meistens französische. Ihr Lieblingsbuch war »Du hast das Leben noch vor dir« von Romain Gary. Himmi las zwar auch Romane, aber noch lieber Sachbücher. Brigitte ging nie in die Kneipe, Himmi jeden Tag. Brigitte trank nur Kaffee, Himmi fast nur Alkohol. Himmi hörte hin und wieder Musik, Brigitte nie – niemals. Das hatte sie anscheinend von zu Hause so beibehalten.

Brigitte erzählte einmal, wie es bei ihren Eltern zugegangen war: »Bei uns war es immer sehr still. Eine Stille wie im ewigen Eis. Man dachte ständig, dass man was gehört hätte, aber man hatte sich immer verhört: Es war nichts passiert. Die Geräusche waren nur ausgedacht. Unser Haus stand in der zweiten Reihe und bis zur Straße waren es mindestens hundert Meter. Daher drang kein Geräusch von draußen zu uns herein. Manchmal dachte ich, ich würde hören, wie die anderen in ihren Zimmern verdauen. Wenn ich mich anstrengte, hörte ich das Gurgeln und Glucksen von oben und von nebenan.« So war es bei ihnen zu Hause gewesen.

Himmi hatte Heike jeden Abend besucht, war aber später wieder gegangen. »Er hat sie jeden Tag aufs Neue kennengelernt und wieder verlassen«, erzählte mir Brigitte. Sie sagte, dass er sich vorbereiten musste, wenn er sie besuchte. Einfach zu ihr hingehen, wie das jeder verliebte Mann macht, so ging das nicht. Er war damals schon andauernd überreizt und trank viel. Er drückte sich den ganzen Tag in der Bibliothek vom philosophischen Seminar herum. Er las viel, zum Beispiel Kantstudien. Und Hegelstudien und Studien zu den Arbeiten von Husserl und so weiter. Brigitte meinte, dass Himmi in der Uni zu Hause war, weil es der »Woanders-Ort« war. Er musste da nicht hingehen, aber er konnte da bleiben, solange er wollte, und man konnte ziemlich gut aus allem verschwinden. So ähnlich wie alte Knastbrüder, die sich beim Klauen erwischen lassen, um wieder ins Gefängnis zu dürfen. Nachts, wenn er Heike wieder einmal verlassen hatte, fuhr er zurück in sein Zimmer. Dann saß er in seiner Bude und trank und machte nichts. Das war für Heike das Schlimmste, als sie mitbekam, dass er in diesen Nachtstunden nichts machte außer zu trinken. Sie dachte, er würde an irgendwelchen wichtigen Aufgaben oder Werken arbeiten. Deshalb würde er immer wieder gehen, wenn er sie besucht hatte. Aber er arbeitete an nichts mehr. Er ging, um nichts zu tun. Er ging, um zu trinken. Er las dann zwar auch mal in seinen Büchern, na schön, und er trank auch, wenn sie dabei war. Aber er war dann immer so stark konzentriert auf seine wenigen Worte und zugleich wieder abwesend, dass sie dachte, er wäre mit echten Problemen beschäftigt. War er aber nicht.

Brigitte sagte: »Er wollte gar nichts. Er wollte an seinem Schreibtisch sitzen und mit möglichst viel Bier schöne Gedanken kriegen. Nur das! Und das hat er gekriegt.«

Brigitte sagte, dass Heike und Himmi andauernd aneinander vorbei redeten. Trotzdem kannte Heike Himmi sehr gut. Wenn er bei ihr am Frühstückstisch saß und versuchte, ruhig zu wirken und trotzdem ganz abgehackt von einem Kolloquium erzählte, damit er nichts anderes erzählen musste, und wenn er mit der einen Hand die andere festhielt und Heike aus seinen sehr blauen Augen konzentriert ansah, hörte sie ihm zuerst zu, dann aber nicht mehr: Sie stand auf und ging um den Tisch herum und sagte: »Sollen wir uns was hinlegen?« Himmi beendete dann sofort sein Gestammel. Er sah Heike zuerst nicht an, sondern zur Seite und legte seine Arme um ihre Hüften. Er sagte: »Ja, legen wir uns was hin.« Dann sah er sie richtig liebevoll an und presste sie an sich. Und dann legten sie sich aufs Bett.

Brigitte erzählte: »Sie küssten sich dann, aber sie hatten keinen Sex. Nichts in der Art. Himmi hat, glaube ich, nie irgendwie Sex gehabt. Sie haben sich nur an der Hand gehalten, lagen auf dem Rücken und schauten nach oben. Heike sah ihn ab und zu an und sah seine kläglichen Versuche mitzuspielen. Irgendwann hob sie ihre und seine Hand hoch und sie sahen die verschlungenen Finger gegen das Licht vom Fenster an und drehten sie langsam. Heike sah etwas: Sie sah, dass er wie ein Mensch war, der in Wirklichkeit ein Tier war, das in Wirklichkeit ein Mensch war. Diese Sorte Mensch war Himmi und – vielleicht wegen der riesigen Einsamkeit darin – liebte sie dieses Etwas. Sie liebte Himmi. Und das wusste er immer, und das konnte er nie unterdrücken. Auch wenn er es gewollt hat, als er sie verließ. Auch als er sich verleugnet hat, das alte Telefon mit dem Kopfkissen erstickt hat, damit er ihre Anrufe nicht hören musste ...«

Brigitte erzählte weiter: »Willst du wissen, was Himmi wollte? Ich erkläre es dir mal mit einem Beispiel: Himmi wollte am liebsten nur neben Heike sitzen. Er wollte nie reden. Er wollte neben ihr sitzen, auf der Couch. Sie trägt ihren orangen Pullover, ihre schwarzen Flanell-Hosen, ihre Sportschuhe, ihren Gürtel, ihr weißes Hemd unter diesem orangen Pullover, nach diesen Farben riechend, und Himmi atmet das alles ein und starrt vor sich, mit den Oberschenkeln auf seinen Händen sitzend, und denkt nicht mehr so stark ans Wegrennen. Sie lässt ihren Blick frei laufen, bis er anstößt. Sie sagt: ‚Ach, Himmi, das ist so schön, neben dir zu sitzen.' Solche Sachen. Er sieht mit ihr aus dem Fenster, in diesem Zustand, wie es dunkler wird, in die Dämmerung hinein. Es ist gleich, was sie sehen: Es neigt sich alles mit ihrem schlanken Hals zur Seite, bis es seine Schulter erreicht. Er ergreift zentimeterweise ihre Hand, die in seiner spricht, von Dingen, von denen sie selbst nichts weiß. Er hält ihre Hand, die wundervoll kühl und gewichtslos ermattet unter ihrem wundervollen Geplapper, ihre Hand, die als einzige den Ausweg kennt und zugleich fragt: ‚Sollen wir nicht zusammen ein wenig verzweifeln, wir beide ...?'« Brigitte zog tief an ihrer Zigarette und sagte: »Das wollte er! Und so ist Heike.«

Ich hatte genau zugehört, aber nicht genau verstanden, was Brigitte meinte. Sie redete ewig in Bildern. Ich fragte: »Hast du vielleicht ein Bier da?« Ich hatte jetzt ziemlich Lust auf eins.

»Nein, musst du dir kaufen gehen.«

Brigitte sah mich an, sie blies gerade sehr elegant nach oben den Rauch aus. Sie senkte beim Ascheabstreifen ihren Kopf und zugleich senkte sie langsam ihre Wimpern und sagte: »Trinkst du auch? «Sofort wurde mein Kopf heiß, aber weil ich wusste, dass Brigitte mir nichts Böses wollte, sagte ich: »Es geht so.« Brigitte lächelte enttäuscht. »Himmi stand nachts einfach auf und ging. Er hatte schon Stunden neben Heike im Bett gelegen, während sie schlief. Er schlief nicht. Er überlegte und redete im Kopf mit sich selbst. Über seine Studien, über sich und Heike, über sich als Mann, über sich als Trinker, über die Möglichkeit, nur mal kurz aufzustehen und fern zu sehen und sich dann wieder zu ihr zu legen. Aber er stand dann doch irgendwann mechanisch auf und zog sich mechanisch an, seine Schuhe knarrten auf den Dielen in der Küche und Heike wurde wach. Sie stand sofort in ihrem einteiligen Baumwollschlafanzug vor ihm und fragte entsetzt: ‚Was machst du? Willst du gehen?' Und er antwortete lange nichts und dann doch: ‚Ja, ich muss'. Und Heike versteifte ihre herabhängenden Arme neben sich wie ein Soldat: ‚Was soll das werden, Himmi?' Himmi erwiderte: ‚Ich hab einen anderen Rhythmus.' Und sie rief: ‚Himmi! Wir sind zusammen! Warum gehst du denn mitten in der Nacht?' Und dann sagte er: ‚Ich will ja bei dir sein, aber ich bin ... Ich weiß es

selbst nicht ... Ich gehe!' Und er öffnete die Tür. Als er schon im Hausflur stand, sah er zurück und sah sie barfuß auf der Fußmatte stehen. Die Tränen liefen über ihr Gesicht. Sie sagte: ‚Sagst du mir denn noch Tschüss?' Und er ging zurück zu ihr und umarmte sie und wollte sie nicht loslassen, um nicht ihr verheultes Gesicht sehen zu müssen und drehte sich dann schnell von ihr weg. Sie sagte leise: ‚Man geht nie ohne Gruß.'
Als er mit dem Fahrrad schon zwei Kilometer weit gefahren war, hielt er an. Er setzte sich an der Poppelsdorfer Allee auf die kleine Mauer am Teich, der vor dem Schloss angelegt wurde. Es war drei Uhr morgens und still. Beinahe schlief er ein, aber er stieg wieder aufs Fahrrad und fuhr nach Kessenich. Die Stunde oder Viertelstunde am Teich, er konnte das nicht einschätzen, war das Beste seit Tagen gewesen.«

**Kapitel 4**

# Kinder und Geisterchen

»Eine Spezialität?«, fragte Horst.

Ich sagte: »Och ja, warum nicht?«

Horst stellte mir das Pils hin und ging wieder. Es war erst sechs Uhr und außer Püppi war noch keiner da. Es roch nach kalter Asche und der Zitrone in der Reinigungsmilch, die Horst kartonweise bei Aldi kaufte. Außerdem roch es nach Polster und nach dem Holz von der Verkleidung. Als Horst die Fenster aufmachte, roch es außerdem noch nach Abgasen. Die Autos vor dem Fenster waren heute so laut, dass man selbst Püppi an seinem King-Play-Spielautomaten nicht mehr hörte, wo er andauernd Geld reinwarf.

Ich war genervt. Ich dachte schon daran, erst mal wieder heimzugehen, um später wiederzukommen, aber dann dachte ich, das wäre vielleicht doch zu deprimierend – um sechs Uhr abends aus der Kneipe und um neun wieder rein? Klar, man konnte sich auch sagen: »Wieso eigentlich nicht?«, man könnte sich ja zwei Stündchen hinlegen, dann wäre es wie ein anderer Tag. Man steht pünktlich um halb neun abends auf, duscht und frottiert sich gründlich ab, trägt Deodorant auf, macht sich einen Kaffee, ein Brot – und schon muss man los! So einen Schrott dachte ich, nur aus schlechtem Gewissen.

Ich blieb schließlich im Happy, weil ich in der Kneipe besser nachdenken konnte als zu Hause. Ich konnte mich allein noch nie konzentrieren. Ich kann das immer nur in Gesellschaft, und zwar dann, wenn ich mit niemandem reden muss. Ich habe mir mal überlegt, dass ich alleine zuviel Furcht habe. Ich habe eigentlich wenig Furcht, es sind nicht viele Sachen, die mich erschrecken, aber bei mir ist es die Furcht vor dem Weltall. Wenn man allein ist, dann sind nur zwei da: ich und das riesige All. Sonst nichts. Eisig und unendlich. Ich wette, das geht nicht nur mir so, und ich wette, ein paar von den anderen kamen nur deshalb ins Happy, weil es bei ihnen genauso war. Sonst gab's ja keinen Grund hierher zu kommen. Keinen richtigen, meine ich. Himmi hat mir einmal von Marguerite Duras erzählt, die gesagt hat, dass Alkohol die Einsamkeit zum Schwingen bringt. Sie hat ebenfalls das Weltall nicht ertragen. Sie sagte: »Der Alkohol ist erschaffen worden, damit man die Leere des Universums ertragen kann, die Bewegung der Planeten, ihre unerschütterliche Rotation am Ort unseres Schmerzes.« Das gefiel mir gut. Besonders jetzt, wo ich im Happy kleben blieb.

Erst um Viertel vor sieben kam wieder einer, den ich kannte. Es war der stille Mann, den ich schon ein paar Mal im Happy gesehen hatte. Weil er fast nie mit jemand redete, hieß er bei den anderen immer nur »stiller Mann«. Er passte gar nicht ins Happy End. Er trug immer einen Anzug. Er hatte sogar Manschetten an den Ärmeln des Hemdes. Man sah sie blitzen, wenn er sein Glas hob oder wenn er sich eine Zigarette anmachte. Er hatte ein mageres Gesicht und vorne nur wenige Haare. Aber er hatte die strahlendsten Augen, die ich je gesehen hatte! Wenn er einen zufällig ansah, wurde man immer sofort wach und fragte sich: »Wer ist das?«
Der stille Mann setzte sich, sah sich um und rieb sich die Hände, als ob er sie wusch. Er machte alles total langsam! Seine Hand schob er wie ein Raumschiff in die Jackettasche, holte seine Zigaretten raus, klinkte sie danach wie eine Mondfähre über dem Tresen aus und ließ sie landen. Dann bestellte

er ein Bier. Danach sah er wieder langsam um sich. Er sah mich an und blickte dann weiter in die Runde. Er sah den Zeitschriftenstapel auf dem Fensterbrett, stand auf, ging an mir vorbei und holte sich eine Zeitung. Es war die »Auto-Bild«. Er blätterte darin. Jedes Mal, wenn er eine neue Seite aufschlug, legte er sehr langsam die alte Seite um und zog mit seinen gepflegten langen Fingern die Falte hinten an der Zeitung glatt. So ordentlich war hier noch nie einer mit einer Zeitung umgegangen. Ich sah ihm beim Lesen andauernd zu, wie ein Idiot. Ich musste irgendwie, konnte nicht anders.

Dann kamen ziemlich schnell andere Leute rein und Horst stellte die Musik lauter. Der dicke Udo, der vor der Theke saß, musste zum ersten Mal aufstehen, in die Küche gehen und anfangen Burger zu machen, Pimmel und Frickis und was die Leute sonst noch bestellten an dem Abend. Ab und zu kam er mit seiner total verschmierten Schürze raus, zog ein Bier in einem Zug weg und machte sich eine Zigarette an. Dann ging er wieder in die Küche.

An diesem Abend habe ich mich mit Püppi unterhalten. Er war Schalke-Fan und trug wieder sein Trikot. Es war ein altes Trikot, auf dem noch keine Werbung drauf war, und es war ihm eindeutig zu eng geworden.

Püppi war einer der treuesten Fans. Er fuhr andauernd zu den Spielen. Weil wir in Bonn nicht so nah dran waren, musste er für die Heimspiele oft genauso weit fahren wie für auswärts. Deshalb war er an den Wochenenden oft nicht da. Er hatte vor seinem Haus auf den Bürgersteig mal eine Schalke-Fahne mit einem richtigen kleinen Fahnenmast hingestellt, den er nach einer Woche wieder wegnehmen musste, weil das Ordnungsamt es ihm verbot. Und er hatte mal zu Ostern eine Palette Eier mitgebracht, wo seine Wunschmannschaft drauf war: Alles blau-weiße Eier mit den Spielernamen drauf und alle Eier nach Abwehr, Mittelfeld und Sturm geordnet. Er stellte sie feierlich auf die Theke. Horst nahm sofort das »Möller«-Ei und schälte es: »Das ist am weichsten, das muss man zuerst essen.«

Püppi erzählte mir mal wieder eine Geschichte aus dem Reifenlager, wo er gearbeitet hatte. Er war entlassen worden, weil er besoffen zur Arbeit gekommen war, erzählte aber so, als ob er den Job noch bis an sein Lebensende machen würde. Er sagte immer „wir", wenn er von dieser Firma redete, und er sagte Sachen wie: »Ich hab mit dem Juniorchef nachgesehen, und wir hatten tatsächlich mehr am Lager, als sie dachten.« Solche Sachen. Dann knallte er sein Weizenglas vor mich auf die Theke, machte sich größer, drehte sich zu mir und sagte: »So, und jetzt sachst du mir, was ich da hätte machen sollen!« Er wartete aber nicht ab, was er hätte machen sollen, sondern sagte: »Ich hätte sagen sollen: Überprüfen Sie mal die Bücher! Wenn hier draußen mehr Pneus sind als in den Büchern, dann muss das einen Grund haben! Und das hab ich ihm gesagt.« Das war alles, worüber wir redeten. Ich hörte ihm zu und saß nur so rum und hatte in der Zeit ein Bierchen oder zwei.

Püppi nahm immer erst einen Schluck Bier und dann etwas von dem Sprühdöschen, das er dabei hatte – damit er besser Luft bekam, weil er Asthma hatte. Manchmal hatte er beides in den Händen: links den Sprüher und rechts das Glas. Er trank einen Schluck Bier und hielt sich dann das Spray in den Mund. Er sagte: »Zum Bier soll man immer eine Kleinigkeit dabei nehmen.« Das wäre ja noch okay gewesen, aber dazu kam, dass Püppi ja auch rauchte. Deshalb hantierte er auch noch mit Zigaretten herum und mit einem Feuerzeug. Und deshalb verhedderte er sich manchmal mit all seinem Kram. Einmal fiel ihm beim Zigaretteanzünden sein Spray aus der Hand und hinter die Theke ins Spülwasser. Horst beugte sich extrem weit zu ihm über die Theke und sah ihn mit einem bohrenden Blick an: »Sag mal, willst du zum Zirkus, oder wat?« Er ging mit dem Arm tief in das Spülwasser und holte das Fläschchen raus, stellte es betont sorgfältig vor Püppi auf die Theke und sah ihn finster an. Püppi sagte nur: »Jaja, ist ja gut.« Er schwieg, bis Horst wegging. Er zahlte dann und ich sah, dass er kein normales Portemonnaie dabei hatte, sondern nur ein ziemlich kleines, das für Kinder war. Es war rosa und hatte nur ein einziges Fach und einen Reißverschluss, der Frosch Kermit war auf der Vorderseite abgebildet. Ich dachte, als er weg war, dass die Muppets schon mindestens fünf Jahre nicht mehr im Fernsehen kamen. Und ich sah ziemlich gern fern und bekam alles mit. Udo sagte hinterher, es wäre nicht sein eigenes Portemonnaie gewesen.

Ich sah auf seinen leeren Barhocker, als ich an die Muppets dachte, und dann sah ich den nächsten, der dahinter saß: Es war der stille Mann. Er sah vor sich, als ob er jemanden ansehen würde, der mit ihm redete. Aber es waren nur die Stereoanlage und die Salami-Box und die ganzen Spirituosen, auf die er gerade blickte. Um die Theke herum war es eher dunkel.

Mir gefiel das Licht bei Horst, weil es so düster war. Zwar war die Theke an ein paar Stellen sehr hell erleuchtet, aber drumherum lag alles in einem Dunkel wie im Kino. Das war es auch, neben ein paar anderen Sachen, warum ich so gerne herkam: Man konnte ins Leere starren, seine Augen entspannen und einfach nur alles anglotzen. Man konnte sehen, wie

die anderen über ihrem Bier am Brüten waren und über ihre Sachen nachdachten. Es gab einen, der bei uns Erik Ode hieß, wie der Kommissar aus der alten Fernsehserie. Er war mindestens 60, hatte ewig einen Pfeffer-und-Salz-Mantel an und einen kleinen Filzhut auf. Er trank immer nur Schnäpse. Das heißt, er bestellte ein Bier, ließ es stehen, bis es total schal war, und bestellte dabei immer nur Schnaps. Er fuhr andauernd auf der Theke mit dem Schnaps um die abgerundeten Ecken vom Bierdeckel. Er fuhr zwei, drei Runden um den Deckel und dann stürzte er den Schnaps ruckartig runter. Sofort war der nächste Schnaps da und Erik Ode fuhr wieder los. Und ich starrte ihn jedes Mal an, irgendwie hemmungslos. Ich musste einfach. Was Erik Ode sehr gut konnte, war die »Pilsrosette« steigen lassen. Er ließ manchmal die kleinen Kragen aus Krepppapier vom Bierglas hochsteigen, mit einer unmerklichen, schnellen Bewegung aus dem Handgelenk. »Es klappt nur, wenn sie trocken ist und noch kein Kondenswasser aufgenommen hat«, meinte Himmi einmal. »Sie gehört wesentlich zur Pilstulpe dazu.« Erik Ode bewegte sich kaum und die Rosette stieg auf. Meistens hielt sie sich ungefähr einen Meter hoch in der Luft, und zwar total lange, drei, vier Sekunden würde ich sagen. Dann schaukelte sie wieder runter, ohne hinter die Theke zu fliegen. Irgendwie wippte sie kess herab und setze sich wieder vor Erik Ode hin. Die anderen fanden das natürlich gut und sagten »Starke Nummer!« oder »Echt amtlich!« und: »Dafür braucht man ein Leben!«
Der stille Mann saß jetzt wieder vor seinem Bier und sah freundlich und zugleich angespannt aus. Er lächelte immer ein bisschen, gerade soviel, dass es als Lächeln durchgehen konnte. Er sah aus wie ein Arzt, der einem sagt: »Wir wissen ja noch gar nicht, ob es was Schlimmes ist!« Es war irgendwie

ein würdiger Vorgang, wenn er das Bierglas hob, sich die Hemdsärmel aus dem Jackett schoben, sodass man seine Manschetten blinken sah, der Schlips etwas aus dem Jackett ragte und er ihn wieder herunterdrückte. Das sah irgendwie sehr männlich aus. Ich überlegte, wie ich in so einem Anzug aussehen würde. Seit der Kommunion hatte ich keinen mehr angehabt. Ich dachte mir, ich würde gerne genauso aussehen wie der stille Mann. Auch wenn er vorne eine Glatze hatte. Und auch wenn er ziemlich rote Haut hatte.

Als ich das dachte, sah er mich gerade an. Ich sah zur Seite weg.

»Ulrich, noch 'ne Erfrischung!«, sagte Horst und ich war dankbar dafür, dass er mich ablenkte.

Ich nahm erstmal einen großen Schluck, aber ein Mann neben mir schubste mich, weil er seinen Anorak anzog, und ich kippte mir das halbe Bier auf die Hose. Ich sagte »Ey!«, aber der Mann bemerkte mich gar nicht. Ich sagte noch mal: »Ey! Mann!« Aber er lachte mit seinem Kumpel über irgendwas. Ich sah nach unten auf meine Hose. Sie war vorne total nass. Ich guckte, ob einer von den andern sich darüber amüsierte, aber es hatte keiner hingesehen.

Ich wartete, bis Horst wieder in meine Richtung kam und bestellte ein neues Pils. Ich dachte daran, dass meine Eltern mir mal gesagt hatten, dass ich mich nicht richtig wehren konnte. Und ich glaube, sie hatten recht. Ich kann zwar was sagen, wenn einer mich nervt, aber ich kann nicht hingehen, mich vor jemanden stellen und mein Recht fordern oder so etwas. Ich kann höchstens Sachen sagen wie: »Könnte es sein, dass Sie das waren, der über meine Reifen gefahren ist?« Das ist mir nämlich mal passiert. Ich hatte das Fahrrad ganz schräg an ein Geländer gelehnt, weil es sehr niedrig war und mein

Fahrrad keinen Ständer hatte. Und als ich gerade weggegangen war, kam ein Auto, fuhr ganz dicht ran und rollte über beide Räder. Sie waren danach geknickt und platt. Ein Mann riss die Tür auf und wollte schnell irgendwohin. Ich lief ihm nach und sagte: »He! Hallo!« Und er drehte sich um und sagte: »Was is?« Und ich sagte: »Sie haben mein Rad zu Schrott gefahren.« Er sagte nur »Blödsinn« und ging weg. Ich ging hinter ihm her und dachte: Den zeig ich an! Aber ich wusste schon, dass ich das nie machen würde. Ich dachte: Die Kiste ist eigentlich schon sehr alt. Ich erfand einen Grund, um nicht zur Polizei zu gehen, und es war irgendwann peinlich, dass ich bloß hinterherlief. Ich marschierte noch zwei Minuten hinter ihm her, ohne etwas zu sagen. Dann blieb ich stehen und stellte mir vor, was ich mit seinem Auto machen würde. Ich habe natürlich nichts gemacht, wie immer. Ich wusste irgendwie, dass ich niemals etwas gemacht hätte, auch wenn das Rad völlig neu gewesen wäre und sogar wenn er mich beleidigt hätte: Ich hätte nichts gemacht.

Ein Trost war in dem Moment, dass Horst einige gute Oldies aufgelegt hatte. Gerade lief Neil Young. Den finde ich zwar meistens schlecht, aber jetzt lief »Albuquerque«, eins der besseren Lieder. Schön langsam und mit Slideguitar. Neil Young jault in dem Song so sehnsüchtig, weil er an das einsame Wüstenstädtchen denken muss. Ein ziemlich gutes Lied. Es liefen an dem Abend noch mehr solcher guten Lieder, zum Beispiel »Stargazer« von Rainbow oder »The last to know« von Del Amitri. Mitten drin kam sogar mein absoluter Lieblings-Oldie: »Naked as the day you were born« von den Weatherprophets. Da war ich zwar schon etwas besoffen, aber nicht nur deswegen, sondern auch wegen dem tollen Lied. Es gibt manchmal in der Kneipe Momente, da ist alles gut, würde ich sagen. Es ist, als wäre die ganze Kneipe ein Segelboot, das mit frischem Wind dahinfährt. Der Bug klatscht fröhlich auf die Miniwellen, die von der Seite kommen. Wir steigen mit dem Boot hoch und runter, alle fahren mit und singen und sind zusammen. So ist es manchmal in der Kneipe. Nicht sehr oft, das weiß ich, aber eins weiß ich auch: öfter als draußen.

Als ich so überlegte, saß auf einmal der stille Mann neben mir. Er hatte vorher zwischen zwei freien Barhockern gesessen, und als drei neue Gäste kamen, hatte er sich weiter rüber gesetzt, damit sie zusammensitzen konnten. Ich trank mittlerweile mein ungefähr fünftes Bier. Ich dachte immer noch an die besten Lieder der letzten zehn Jahre, aber es ging nicht mehr so einfach. Ich musste andauernd nach links zum stillen Mann linsen. Er ließ wieder seine eine Hand auf der anderen ausruhen.

Auf einmal sagte er was zu mir: »Wissen Sie, wann hier geschlossen wird?«

Ich sagte: »Ein Uhr.« Ich war etwas verlegen, weil er mich siezte und mit seinem rätselhaften Blick ansah. Als würde meine Antwort nicht reichen. Ich sagte: »Wir haben noch keine Nachtkonzession.«

»Wir« – so ein Blödsinn, als wäre ich im Happy End angestellt.

Als ich kurz hinter die Theke sah, sah ich, dass es schon halb zwei war. Es war zwar noch viel los, aber jetzt musste Horst bald die letzte Runde ansagen.

Wir saßen noch eine Zeit lang so rum, bis fast alle gegangen waren. Dann knallte Horst beim Sauberwischen seinen Spüllappen vor mir auf die Theke: »Trink aus.«

Ich trank aus, stieg von meinem Hocker und zog meine Jacke an. Ich trug damals immer meine alte Adidas-Regenjacke, weil eine neue und schickere Jacke zu teuer war und ich ziemlich viel Geld für andere Sachen verplemperte. Sie hatte große Taschen, in die sogar Faxe-Dosen passten, und warm war sie auch, obwohl der Stoff sehr dünn war. Ich hatte mindestens schon zwanzigmal darin geschlafen. Nie war mir kalt geworden. Sie sah halt nur nach nichts Besonderem aus, irgendwie nach Schüler. Ich zog also die Adidas-Jacke an und sagte »Tschö« zu Horst, der gerade das grelle Deckenlicht angestellt hatte.

Da sagte der stille Mann: »Soll ich Sie ein Stück mitnehmen?«

Ich sagte »Nein, danke« und nach einem Moment: »Ich gehe immer zu Fuß.«

In dem Moment sagte Horst: »Bis zur Adenauer-Allee holt der Mann dich mit. Stell dich nicht so an!«

Ich sagte mehr oder weniger wegen Horst: »Och, okay, wenn Sie keinen Umweg fahren müssen ...«

Er sah mich an. Wieder mit dem Arzt-Lächeln.

Wir gingen also zusammen raus in die frische Nachtluft und zu dem Auto vom stillen Mann. Es war ein großer Daihatsu. Innen war er sehr bequem und ich konnte die Beine gut ausstrecken. Wir schlugen die Türen zu.

Als wir im Auto saßen und der stille Mann nach was in seiner Jackettasche suchte, fielen mir wieder diese Geräusche im Auto auf. Es gibt reine »Im-Auto-Geräusche«, wenn der Motor ausgestellt ist. Wenn einer sich bewegt und man den Stoff von der Jacke am Sitz reiben hört, wenn das Handschuhfach klackt, die Hosenbeine aneinander scheuern oder wenn jemand im Auto ein Feuerzeug anmacht: immer hört man das alles so genau und so nah. Solche Geräusche hört man draußen nie. Geräusche im Auto, wenn der Motor aus ist, sind irgendwie sehr persönlich. Fast wie Berührungen. Es wird deshalb schnell komisch, wenn man nichts sagt. Irgendwann muss man dann einfach über etwas sprechen. Und irgendwann muss man ja auch losfahren, klar. Und das machten wir jetzt.

Der stille Mann sagte: »Wohin kann ich Sie bringen?«

Ich sagte: »Ich wohne im Grünen Weg.« Und weil mir sofort einfiel, dass er das nicht kennen konnte, schob ich nach: »In Friesdorf«.

Er sagte nichts und fuhr zügig über die Oxford-Straße in Richtung B 9. Ich war zwar etwas nervös, weil ich dachte, ich müsste mit ihm reden und weil ich ihn nicht kannte, aber ich wusste ja, dass er nicht gern sprach. Und da war wieder das schöne Gefühl, nachts als Beifahrer durch die Stadt zu fahren. Ich konnte entspannt und ohne gesehen zu werden die Lichter ansehen und die Leute, die an der Ampel standen, die sich am Arm hielten oder allein mit dem Fahrrad unterwegs waren oder andere Leute. Man sieht nichts, was weit weg ist, keine Landschaft und keinen Horizont. Nur die Zone des künstlichen Lichts sozusagen. Und in der sind die Leute unterwegs und drängeln sich vor den Kneipen, laufen vor dem Auto über die Fahrbahn oder sitzen mit angezogenen Beinen in Hauseingängen. Und man sieht sie aus dem Auto heraus an und fährt an Hunderten von ihnen einfach vorbei, ins Schwarze hinter dem Licht. So ungefähr.

Wir bogen an der Reuterbrücke ab, dann bis zum Bonner Talweg und dann in die Luisenstraße. Ich hätte gern noch an der Esso-Tanke angehalten, um Bier zu besorgen, aber ich traute mich nicht danach zu fragen.

Auf einmal sagte der stille Mann: »Ich möchte Ihnen etwas zeigen!« Er parkte ganz plötzlich und ruckartig ein.

Ich dachte zuerst an all die Sachen, die ich über ermordete Anhalter gehört hatte und an Aktenzeichen XY und so was, aber dann sofort nicht mehr. Ich merkte, dass ich überhaupt keine Angst hatte. Ich war nur gespannt, was er wollte.

Er sagte noch mal: »Wenn Sie noch Zeit haben, möchte ich Ihnen etwas zeigen.«

Ich musste irgendwie sagen: »Ja klar«.

Wir stiegen aus und er zeigte mir mit der Hand die Richtung. Wir gingen über die Straße und dann noch ungefähr 30 Meter bis zu einem Mietshaus. Beim Aufschließen war es wieder so wie im Auto. Das Schlüsselumdrehen im Schloss, als wir im Hauseingang nebeneinander standen, war wieder so ein klares, lautes Klackgeräusch. Er schloss auf und hielt mir die Tür auf. Mir fiel auf, dass er kein Licht im Treppenhaus machte. Wir stiegen die Treppen hoch. Auf der zweiten Etage trat ich im Dunkeln einen Kinder-Traktor aus Plastik um, aber der stille Mann stellte ihn nur wortlos wieder auf und wir stiegen weiter nach oben.

Im dritten Stock schloss er die Wohnungstür auf und hielt mich am Arm fest. Er sah mich im Dunkeln an, das merkte ich irgendwie. Er sagte nichts, aber ich verstand, dass ich vorsichtig sein sollte.

Wir gingen in den Flur der Wohnung und der stille Mann schloss die Tür hinter uns, mit zwei Händen, weil er so mehr Gefühl hatte, um sie leise zuzumachen. Er nahm wieder sachte meinen Arm.

Wir schoben uns ganz still an zwei Türen vorbei. Auf dem Teppich hörte man unsere Schritte nicht, man hörte nur das Geräusch unserer Jacken.

Dann kam eine hellere Tür. Die war offen. Wir standen jetzt im Eingang von einem Zimmer, in dem ein Bett stand. Man sah ein Doppelbett, in dem zwei Leute schliefen, ein großer und ein kleiner Mensch. Man hörte sie auch. Es war ein helles Atmen und ein etwas tieferes Atmen, das ab und zu raunzte und stöhnte und dann wieder nicht. Der kleinere Mensch drehte sich um und legte ein Bein oben auf die Bettdecke oder das Bettlaken. Dem war anscheinend sehr warm.

Der stille Mann flüsterte in mein Ohr: »Das sind meine Frau und meine Tochter.«

Wir standen noch bestimmt fünf Minuten da und sahen den beiden beim Schlafen zu. Komisch eigentlich. Die Frau drehte sich um und legte sich auf den Bauch. Dann stöhnte sie kurz und atmete tief ein und aus und atmete dann wieder leise weiter.

Der stille Mann zog mich wieder zurück in den Flur. Ich hatte durch das Zusehen und die Dunkelheit ziemlich die Orientierung verloren und mir war ganz kurz schwindelig. Wir schlichen wieder zur Tür.

Der Mann zog die Tür ganz langsam und lautlos zu. Wir stiegen die Treppe runter und gingen zum Auto.

Der Mann sagte: »Ich fahre Sie jetzt direkt nach Hause. Entschuldigen Sie bitte, wenn ich Sie in eine unangenehme Situation gebracht habe.«

Ich war noch etwas verwirrt und schweigsam in dem Moment. Ich ließ den stillen Mann eine ganze Zeit einfach fahren, ohne ihm zu sagen, wie er am besten zu meinem Haus fand.

Er sagte auf einmal: »Hier nach rechts?«

Ich sagte »Ja«, weil es stimmte, und dann waren wir schon da. Wir waren im Grünen Weg.

Da sagte ich: »Wenn Sie wollen, dann zeige auch ich Ihnen jetzt etwas.«

Der stille Mann hielt an.

»Bei mir ist auch gerade jemand. Ein Kumpel schläft bei mir im Zimmer. Er muss sonst ziemlich weit fahren.«

Es war mal wieder Ernst-Günter, der bei mir übernachten musste. Er hatte deshalb meinen Zweitschlüssel.

Der stille Mann stieg ohne was zu sagen aus, sodass ich auch aussteigen musste.

Ich ging vor, ich schloss auf und wir stiegen wieder leise die Treppe rauf und ich machte die Wohnungstür auf. Bei mir war es etwas schwieriger, weil man beim Türaufmachen direkt in meinem einzigen Zimmer stand. Wir sahen im Dunkeln, wie Ernst-Günter auf dem Boden vor meinem Bett lag und schlief, und zwar wieder in der Königshaltung. Er pustete ziemlich viel Luft nach oben und schnarchte etwas. Zwischendurch sah man, dass er die Hände mitten im Schlafen hochhob und sie faltete oder so etwas. Dann legte er sie wieder neben sich. Plötzlich warf er sich auf die Seite und knallte mit dem Knie gegen meinen Bettpfosten. Wir machten einen kleinen Schritt zurück in den Hausflur, aber Ernst-Günter wachte nicht auf. Er träumte anscheinend was Spannendes.

Der stille Mann fragte in mein Ohr: »Wie heißt der Mann?«

Ich flüsterte zurück: »Ernst-Günter.«

Wir sahen ihm noch eine kleine Zeit lang zu, aber es gab auf einmal Durchzug und wir mussten die Tür zumachen. Damit ich die Tür nicht zuziehen musste, drehte ich den Schlüssel noch mal nach links, klappte langsam die Tür zu und zog den Schlüssel dann heraus.

Wir gingen wieder runter.

Vor dem Haus fiel mir ein, dass ich ja hätte oben bleiben können, ich wohnte schließlich hier. Ich war aber wieder unten auf der Straße und stand mit dem stillen Mann auf dem Bürgersteig. Ziemlich komisch, aber es war irgendwie klar, dass ich wieder mit nach unten gehen würde.

Der stille Mann sah mich an, und ich dachte, jetzt verabschieden wir uns, aber er schüttelte den linken Arm aus, um seine Uhr unter dem Jackettärmel rausrutschen zu lassen, sah drauf und sagte: »Es ist jetzt schon drei Uhr zehn ...« Er sah die Straße runter, wo alles total still war. Die Autos parkten friedlich hintereinander und glänzten ein bisschen unter den Laternen. »Sind Sie denn noch nicht müde?«

Ich sagte ohne zu überlegen: »Nicht sehr.«

Eigentlich wusste ich gar nicht, ob ich müde war. Wie so oft. Konnte sein, konnte aber auch falsch sein. Ich sah auf einmal, dass der stille Mann noch immer unheimlich ordentlich und munter aussah. Sein Hemd strahlte ganz weiß im Dunkeln und sein Schlipsknoten saß ganz dick und gerade am Kragen fest, sein Anzug hatte keine Falten. Ich sah das alles auf einmal.

Dann sagte er: »Kommen Sie!«

Ich ging mit ihm zum Auto und wir setzten uns rein. Er sagte jetzt nichts mehr, sondern fuhr los.


Er fuhr nach Godesberg zur Aral-Nachttanke an der B 9 und holte ein paar Flaschen Jever und Franziskaner und eine Stange Davidoff. Dann ging es weiter nach Mehlem und dort hielt er unten an dem Anlegeplatz für die Fähre an. Wir standen im Dunkeln direkt am Rheinufer. Wenige Meter vor uns begann das Wasser. Er knipste die Innenbeleuchtung vom Wagen an, um eine Ledermappe zu suchen, die er von der Rückbank holte. Dann machte er sie wieder aus.

Der Fluss schimmerte schön mit vielen glitzernden Lichtern, weil gegenüber in Königswinter viele Laternen und Lampen in den Fenstern der Hotels brannten. Sie spiegelten in wackeligen Bahnen über den Fluss herüber. Man sah links oben den Petersberg erleuchtet und das große Hotel für die Konferenzen. Rechts oben sah man das kleine Lämpchen vom Drachenfels leuchten. Die Haltestelle für die Mehlemer Fähre ist einer der schönsten Plätze in Bonn, weil man hier so nah am Rhein parken und trotzdem im Auto bleiben kann. Man kann Musik hören und Döschen knacken und aufs Panorama blicken. Man steht vor einer Aussicht, die sehr abwechslungsreich und beeindruckend ist und trotzdem nicht bedrohlich groß. Typisch Rhein. Sie passt irgendwie leicht in einen Blick hinein.

Der stille Mann sagte jetzt: »Hier bin ich oft. Ich schlafe wenig und fahre dann oft hierher.«

Und dann erzählte er mir von seinem Beruf. Ich habe ihn später nie mehr so viel erzählen gehört. Er sagte höflich: »Ich sollte mich Ihnen spätestens jetzt einmal vorstellen.« Der stille Mann war Versicherungskaufmann. Er war viel unterwegs, um neue Verträge auszuhandeln. Sein Spezialgebiet waren Gebäudeschäden. Er kannte alles davon, er wusste auch alles vom Häuserbauen und von Mauerwerk und Statik und solchen Sachen. Zwei von vier Kollegen waren entlassen worden und jetzt arbeitslos, aber er nicht. Er arbeitete das Doppelte von den anderen. Wenn die anderen ins Wochenende gingen, merkte er oft gar nicht, welcher Tag war. Er war auch sonntags im Einsatz. Der stille Mann musste nicht nur so viel arbeiten, er wollte auch. Denn es gab einen Grund für das alles: Er schlief nicht. Er sagte: »Zwei, drei Stunden schlafe ich, meistens zwei. Danach tue ich etwas.« Er konnte einfach nicht schlafen. Das war so ziemlich das größte Problem bei ihm. Und dann erzählte er das Komischste daran: »Und wenn ich schlafe, dann schlafe ich im Grunde auch nicht. Es gibt zuviel in mir, das weitermacht, und deshalb habe ich Träume voll von Arbeit. Ich schlafe ein und sehe in meine Unterlagen und gehe sie durch. Ich sehe jeden einzelnen Posten und alle Formulare und es stimmt so, wie ich es sehe. Alle Angaben sind vorhanden, die gesamte Akte. Und dann optimiere ich das ganze Paket. Ich nehme Leistungen rein oder raus und setze den Erhebungszeitraum hoch oder runter. Ich habe alle Fälligkeitstermine präsent. Ich sehe mir, wohlgemerkt beim Schlafen, die Kontostände der Kunden bei uns an. Und so geht es immer weiter. Bis ich aufwache. Ich kann sehr leicht aufstehen. Es ist wie ein bloßes Weitermachen aus dem Schlaf heraus. Ich dusche und ziehe mich an, setze mich ins Büro, nehme mir die Unterlagen vor – diesmal auf echtem Papier – und trage in wenigen Minuten alle Ergebnisse ein, und der Vertrag oder das Angebot ist perfekt. Perfekt! Ich habe schon dutzende Male alles nachberechnet und abgeglichen. Es gibt keine besseren Kombinationen. Ich prüfe noch heute jedes zweite Mal nach, wenn ich wach bin. Aus dem einfachen Grund, weil ich mir als Schlafendem meine Tagesaufgaben nicht zutrauen sollte. Aber ich mache alles richtig, wenn ich schlafe. Verzeihen Sie, dass ich mich selbst so schildern muss. Ich mache nie einen Fehler. Bisher jedenfalls nicht.«

Ich war so beeindruckt von der Geschichte, dass mein Finger seit Minuten unter der Metalllasche der Bierdose klemmte, ohne dass ich dran zog. Ich fragte jetzt: »Kann ich ein Bier aufmachen?«

»Aber sicher. Entschuldigung.«

»Macht nix.«

Der stille Mann erzählte ab dann wieder nichts. Er schwieg. Und mir fiel auch nichts Besonderes ein. Ich musste an ihn denken, wie er auf seinem Bett lag und arbeitete. Ich stellte mir vor, dass er dabei schwitzte und seine Pupillen unter den Lidern wie wild hin- und hersprangen.

Ich sah nach links zu ihm: Er rauchte, sah auf den Rhein und pustete ab und zu den Rauch aus dem Fenster. Vor uns war der Fluss in dieser Nacht ganz glatt und ruhig. Er war heute so ähnlich wie die Mosel, ziemlich leise und beruhigend, und ließ sich treiben.

Wir sahen ihm noch eine Zeit lang zu. Dann machte er die Tür auf seiner Seite auf. Es kam kühle, erfrischende Luft in das Auto. Und es roch etwas nach dem Ufer vom Rhein, und zwar nach den Wänden aus Steinen voller Moos, an denen das Wasser hochschwappt.

Der stille Mann sagte wieder eine Minute lang nichts, aber dann doch etwas: »Würden Sie mir bitte die Zigaretten geben?«

Ich erschrak richtig, als ich merkte, dass ich die Stange Davidoff noch in der Jackentasche stecken hatte. Ich gab sie ihm. Als er eine der Schachteln aufmachen wollte, fiel mir etwas Merkwürdiges an ihm auf: Er packte sie mit nur einer Hand aus. Er quetschte mit der rechten Hand die Schachtel aus dem Zellophan. Er griff um die Schachtel und drückte irgendwie den Plastikfaden ein Mal um die Packung herum und hatte nur noch die geöffnete Schachtel in der Hand. Man hätte das im Fernsehen zeigen können. Dann steckte er sich eine Zigarette in den Mund und zündete sie an. Und da fiel mir das Wichtigste auf, nämlich als er den Zigarettenanzünder unter dem Radio rauszog: Alles, was der stille Mann machte, waren Sachen, die schon vergangen waren. Später fiel mir ein, dass ich mal einen Film gesehen hatte, in dem es um so was ging, da hatte ein Mann seinen eigenen Tod noch mal erlebt. Jetzt war es anders – der stille Mann war ja am Leben und saß neben mir. Und trotzdem war alles, was er machte, schon irgendwie längst vorbei. So kam es mir vor. Auch den Rhein hatte er etwas angehalten. Vielleicht war das alles vor drei Wochen passiert, was ich da gerade erlebte. Eigentlich konnte ich gar nicht mehr sagen, welche Zeit wir hatten.

Der stille Mann erzählte mir noch, dass er vor seiner Arbeit als Versicherungskaufmann Sport studiert hatte, er hatte das Studium aber abgebrochen. Er flog durch ein paar Prüfungen und bekam Panik vor dem Examen, dann ließ er sein Studium fallen. Danach wurde er Vater. Und dann ging er ein Jahr lang ins Brückenforum in Beuel zu den Terminals des Arbeitsamtes und druckte sich Jobangebote aus, aber sie brachten nichts. Als seine Tochter ein Jahr alt war, fand er diese Arbeit. Er war kein Kaufmann, aber er wurde umgeschult. Er war so verzweifelt in dieser Zeit, dass er nur noch 60 Kilo wog. Er kaufte sich einen PC und lernte nachts im Fernlehrgang so viel er konnte. Er lernte manchmal 16 Stunden lang. Er musste so viel arbeiten, weil er eigentlich gar kein Talent für diesen Beruf hatte. Und er war Quereinsteiger – die haben immer die meiste Angst, nicht zu genügen. Aber er verschaffte sich alles, was er für den neuen Beruf brauchte, und als er es geschafft hatte, bekam er eine Festanstellung. Aber irgendwie war er danach immer weniger zu Hause und immer mehr unterwegs. Oder wie heute Abend irgendwo am Rhein. Er konnte nicht nur nicht schlafen, er konnte auch nicht nach Hause gehen. Er liebte seine Familie, aber er war nur selten bei ihr.

Gegen drei Uhr stellte der stille Mann das Radio an. Es lief leise Schlagermusik von SWR3. Auch ich mochte den SWR viel lieber als den WDR. Er stellte das Radio ganz leise.

Irgendwann, als es anfing hell zu werden, sah er mich an. Ich merkte das sofort. Ich sah ihn auch an. Er lächelte mir nett zu.

Ich sagte nur: »Auf Wiedersehen, vielen Dank«, stieg aus und ging zu Fuß nach Hause.

Ich musste mich zweimal auf dem Heimweg hinsetzen. Ich war total müde und hatte es vorher nicht bemerkt. Meine zweite Pause machte ich auf einer Bank am Hindenburg-Denkmal. Es war ungefähr fünf Uhr morgens und immer noch sehr ruhig und immer noch schummerig, sodass man sehr schön die Schiffe ansehen konnte, die mit ihren grünen und roten Lampen auf dem Rhein vorbeifuhren. Ich war merkwürdig glücklich. Auch hier war der Rhein wundervoll. Es war gar nicht viel passiert am letzten Abend, außer dass ich viele Stunden am Rhein gewesen war. Und ich war seltsamerweise glücklich.

Als ich am nächsten Abend bei Horst saß, war ich noch sehr geschwächt. Ich fragte mich seit Langem das erste Mal, ob ich besser nicht ins Happy End gekommen wäre und besser nur zu Hause im Dunkeln Musik gehört hätte, denn das machte ich auch ziemlich gerne. Aber ich war trotzdem hier. Gut war, dass die anderen an dem Abend leise waren. Alle tranken ihr Bier und sagten nur mal ein Sätzchen über eine CD, die Horst auflegte, oder so was. Sonst sagte keiner was.

Als einer reinkam und über die vielen schweigenden Männer staunte und zu Horst sagte: »Was ist denn hier los?«, gab ihm Horst die vier Mark Wechselgeld für die Zigaretten und sagte: »Alte Hausfrauenregel: Wenn keiner was sagt, dann schmeckt's.«

## Kapitel 5

# Vor dem Fenster

Es war zwar angenehm ruhig an dem Abend im Happy End, aber ich konnte mich trotzdem nicht richtig entspannen. Ich dachte andauernd an den stillen Mann und daran, wie er im Schlaf weiterarbeitete. Ich selbst sollte eigentlich längst mit dem Studieren angefangen haben, mir Seminare aussuchen und in Tutorien gehen und so weiter. Aber stattdessen hing ich mit fremden Leuten nachts am Rhein ab und gab mir die Kante. Es war zwar sehr angenehm gewesen, an der Königswinterer Fähre die Nacht zu verbringen, war ganz schön, Bier zu trinken und mit dem stillen Mann auf die Lichter der vielen Hotels von Königswinter zu gucken, aber immerhin war ich im letzten Sommer schon seit einem Jahr »volljährig«, wie meine Mutter jedes Mal sagte, und ich musste irgendwas unternehmen, um einen Beruf zu kriegen und meinen Eltern zu beweisen, dass ein Studium das Richtige für mich war.

Und das fanden die nämlich überhaupt nicht! Mein Abitur war eines der schlechtesten Abiture der ganzen Schule gewesen. Ich hatte eine Gesamtnote von 3,7. Das war kaum zu unterbieten. Es hat auch keiner unterboten. Ich habe dafür eine Kiste Bier gewonnen, weil ich mit Markus Kopp gewettet hatte, wer das schlechtere Abitur machen würde. Er hatte zum Schluss eine 3,4. Als wir bei der Abi-Feier auf die Zeugnisse warteten, stand er neben mir und sagte: »Du Arschloch! Ich fick dich! Die haben sich verrechnet!« Aber sie hatten sich nicht verrechnet. Ich war der schlechteste Abiturient des Jahres 1998. Und nachdem ich die Kiste Bier bekommen hatte, sie hinten auf dem Fahrrad nach Hause schob – unterwegs trank ich schon mal eine Flasche, warum hin oder her – fand ich es eher merkwürdig, der schlechteste Abiturient zu sein. Irgendwie wusste ich, was kommen würde.

Ich studiere also jetzt offiziell. Im zweiten Semester. Geschichte. Ich fand das Fach in der Schule gut, weil ich andauernd eine Zwei bekam. Mir gefielen auch einige Epochen, wie die Industrielle Revolution und Das Erwachen des Bürgertums, das damit zu tun haben sollte. Ich fand Karl V. sehr spannend, weil er der letzte wirkliche Kaiser war und trotzdem freiwillig aufgab und in ein Kloster ging. Er war Kaiser und dankte einfach ab, wollte den Job einfach nicht mehr machen. Ein einzigartiger Mensch. Wenn es nach meinen Eltern ginge, müsste ich mit dem Studium sofort aufhören, obwohl ich noch gar nicht richtig angefangen habe. Ich habe keinen einzigen Schein gemacht, aber es fallen laufend Kosten an, die meine Eltern teilweise übernehmen – neben all dem anderen. Um ganz zurechtzukommen, arbeite ich dreimal die Woche drei Stunden – genauso wie Himmi damals, als er in der Mensa jobbte.

Ich arbeite als Mittagspausenvertretung in einem Getränkemarkt in Friesdorf und habe einen ziemlich schlechten Stundenlohn. Ich weiß nicht, warum irgendjemand so einen Laden noch aufmacht, aber anscheinend lohnt es sich für meinen Chef. Ich fülle die Kisten auf und nehme das Leergut an. Ich soll den Leuten, die immer nur mit Säcken voll von einzelnen Flaschen anrücken, sagen, dass wir so was nicht gern annehmen, weil das Arbeit macht und wir nicht der Entsorger von den ganzen Tankstellen sind, wo sie die Flaschen herhaben.

Einmal ist Ernst-Günter mit seinem Auto vorbeigekommen und hat ungefähr 100 einzelne Bierflaschen ausgeladen, die er abgeben wollte. Ich sah sofort, dass er es war, weil er einen

Ford Capri fährt, ein Auto, dass sonst hundertprozentig keiner mehr hat. Er hatte die Flaschen alle in Plastiktüten gepackt und wuchtete die vielen Tüten in einen von unseren Einkaufswagen. Er brauchte ziemlich lange, bis er alle so aufeinander gestellt hatte, dass er sie ohne umzukippen hereinfahren konnte. Als er über die Kante vom Rolltor fuhr, fielen trotzdem zwei Tüten runter und die Flaschen zerplatzten. Der Chef kam und fegte mit hochroter Birne die Scherben auf. Er macht solche Sklavenarbeiten häufig. Er ist dann wütend, aber er will auch den Kunden ein schlechtes Gewissen machen, damit sie mehr kaufen. Ich glaube, er hasst im Innersten alle Kunden und er hasst seinen Laden.

Ernst-Günter war es nicht sehr angenehm, mir so zu begegnen. Trotzdem grüßte er mich grinsend und sagte über meinen Chef, als der vor uns kniete und mit dem Handfeger die letzten Scherben auf das Kehrblech schob: »Was ist denn das da?«

Mein Chef sah zu uns hoch und hatte vor lauter Wut schon so etwas wie ein Lachen im Gesicht. Aber Ernst-Günter sah ihm unerschrocken in die Augen und mein Chef kehrte weiter auf.


Himmi hat ebenfalls merkwürdige Arbeitsbedingungen gehabt. Die meiste Zeit war er in der Mensa als Spülhilfe beschäftigt gewesen. Das war ja noch einfach und bequem, aber er hatte auch andere Jobs. Vor zwei Jahren, als er 38 wurde, war er Hausbote bei einer großen Firma in Bonn. Er musste vier Wochen durchhalten, um sein Konto wieder auf null zu bringen. Er fuhr mit einer Karre durch das Haus und verteilte Post und Formulare und solche Sachen. Er war so unglücklich wie niemals sonst.

Er wurde von einem Mann in der Poststelle angelernt. Himmi lernte die Fachbereiche im Haus kennen, wieviel auf die Postkarre passte, wie die Büros hießen und auf welcher Etage sie waren. Der Mann, der ihn anlernte, war Choleriker und begeisterter Karnevalist. Er war bei den Stadtsoldaten und erzählte Himmi stundenlang davon, wie kompliziert es war, das Bühnenprogramm richtig hinzukriegen. Der ganze Hofstaat musste monatelang üben und sogar Vertretungsregelungen haben. Dabei war es wichtig, wer wen vertrat und wer offiziell vorgesehen war. Das entschied auch über das Ansehen, das man hatte. Die Stadtsoldaten und Funkenmariechen üben genauso wie ein Sportverein ihren Auftritt und eine einzige Uniform kostet 600 Mark.

Der Poststellenleiter kam mit seinem Riesenschnauzbart ganz dicht vor das Gesicht von Himmi und sagte: »Wat schätzt du, wieviel eine Uniform kost?«

Himmi sagte: »Keine Ahnung.«

Der Poststellenleiter sagte: »Sechshundert, dat is richtisch Geld, Bursche!« Er blieb mit seinem Gesicht und seinem starren Blick in die Augen ganz nah vor dem Gesicht von Himmi. Er hielt ihn für ein Weichei. Er spielte das »Wer-kann-wem-länger-in-die-Augen-sehen«-Spiel. Himmi versuchte, ihn auch lange anzusehen, aber dann sah er runter, drehte sich um und ging raus.

Himmi fuhr mit seiner Karre den ganzen Tag durchs Haus. In den Büros war es meistens ganz still, die Leute saßen vor den Bildschirmen und machten irgendwas und bemerkten immer nur am Rande, dass einer reinkam. Sonst bemerkten sie nichts von ihm. Es gab für ihn ein Fach, das »Eingang« hieß, und ein Fach, das »Ausgang« hieß. Das war alles. Er legte die Post ab und sammelte die Post ein, die rausgehen sollte.

Wenn Himmi durch einen der Flure fuhr und keiner da war, hielt er oft an und stand ein paar Sekunden nur so rum. Die

Flure waren alle recht dunkel und mit Teppichboden ausgelegt, sodass man es nicht hörte, wenn einer durch die Gänge ging. Himmi hielt an und stand da und dachte nur So!, blieb kurz stehen, hatte einen Moment für sich und entspannte sich. Aber nach höchstens einer halben Minute kam jemand. Himmi schubste die Karre weiter und ging an dem Angestellten vorbei.

Man fragte ihn oft: »Was machen Sie hier, wer sind Sie?« Und Himmi sagte: »Der Hausbote.« Und der andere sagte nichts oder »Aha« und nickte nur. Und Himmi ging weiter, schob seine Karre und machte die Tür zum nächsten Büro auf.

»Wieso klopfen Sie nicht?«, fragte ihn einmal eine Frau, die gerade nach draußen wollte, als er die Tür aufmachte.

Er sagte im ersten Moment gar nichts, weil ihm nichts einfiel, aber dann sagte er: »Tschuldigung.«

Die Frau hatte ein großes silber-blaues Halstuch über ihrer Bluse. Sie hatte eine ihrer Hände über ihren Busen gelegt, so als ob sie sich total erschreckt hätte. Sie hatte hellrot lackierte Fingernägel und ließ ihre Hand die ganze Zeit auf dem Busen liegen, als sie Himmi in betontem Hochdeutsch ansprach: »Was heißt das: ‚Entschuldigung'? Heißt das, dass das nicht mehr vorkommt?«

Himmi sah die Frau an, dann sagte er: »Ja, gut.«

Und die Frau sagte: »Ja, gut. Dann gehen Sie!«

Und Himmi drehte seinen Wagen um und fuhr mit der eckigen Kante von der Ladefläche gegen den Türrahmen, setzte die Karre zurück, fuhr dann wieder vor und raus aus dem Zimmer.

Draußen fuhr er erst mal schnell zum Aufzug. Als er drin war, fuhr er vom ersten in den sechsten Stock und dann wieder in den ersten und dann wieder in den sechsten und dann wieder in den vierten Stock, wo er eigentlich hinfahren sollte. Er holte in der Zeit Luft und starrte nur vor sich. Er war extrem unglücklich. Er lehnte an der Wand vom Aufzug, ließ den Kopf zurückkippen, hatte den Mund offen und starrte nach oben. Wenn er nicht so schlecht dran war, wie nach solchen Ereignissen, las er auch häufig im Aufzug. Er hatte immer ein Reclamheft dabei. Zu dieser Zeit las er »Über das Wesen der menschlichen Freiheit« von Friedrich Wilhelm Joseph Schelling. Das mochte er die ganze Zeit lang, die wir uns kannten. Er hatte es immer bei sich oder es lag bei ihm rum.

Als Himmi an dem einen Abend im Happy von seinem Hocker runtergefallen war, war das Reclamheft aus seiner Tasche gerutscht. Bernie hob es auf und gab es ihm ein paar Tage später zurück. Er gab es ihm und sah ihn an, auf diese anstarrende Art, die Bernie an sich hatte. Himmi steckte es in seine Hemdtasche.

Bernie fragte: »Was steht da drin?«

Himmi sagte: »Geist und Natur, Subjekt und Objekt sind im Absoluten ununterschieden.«

Und Bernie sagte: »Du bist aber was ganz Besonderes, was?«

Himmi sagte: »Du hast mich doch gefragt, was ich lese.«

Bernie sagte: »Verlierer mit Studium sind doppelte Verlierer.«

Himmi sagte: »Wieso?«

Bernie sagte: »Weil sie ihre Chance hatten.«


Himmi kam bei seinem Job als Hausbote oft durcheinander, weil er die Post nicht ordentlich auf seine Karre legte, seine Runden zu spät begann und ständig übermüdet war und nichts trinken durfte. Er hatte Flecken auf seinem Pullover und merkte es nicht. Er hatte Angst, die Türen zu den Büros aufzumachen. Er trug oft sein schwarzes Hemd, weil man bei dem die Schweißflecken nicht so sah, denn er schwitzte viel und ging andauernd aufs Klo, um sich unter den Armen trocken zu wischen. Aber das half nichts. So lange er Hausbote war, hatte er immer ein feuchtes Hemd an. Er fand anscheinend, dass er an allem Schuld war, wie er Brigitte erzählte: »Das ewige Wegsehen, wenn einer mich ansieht!« Er fühlte sich nur bei den Postausfahrern wohl, die hinterm Haus ein Kabuff hatten, wo sie ihre Pausen verbrachten. Himmi schlief oft in seinem Mantel, wenn er spät abends aus dem Happy nach Hause kam. Er sparte damit Zeit, sich aus- und wieder anzuziehen. Brigitte sagte mir, dass er dankbar für jeden Tag war, der verging: »Nur noch neun Arbeitstage!« – »Nur noch fünf Arbeitstage!« So ungefähr ging das bei ihm.

Brigitte erklärte Himmis Lage so: »Dass dieser Job etwas für Vierzehnjährige war, war nicht schlimm, aber dass Himmi fast vierzig war, vierzig sein musste, das war schlimm. Schlimm war, dass er keine gemeinsame Welt mit den Menschen herstellen konnte. Und beim Arbeiten muss man das.«

An einem Abend in dieser Zeit ging ich recht spät an Himmis Fenster vorbei. Es war mindestens ein Uhr nachts. Ich war auf dem Rückweg von einer Fete mit Leuten aus meiner früheren Schule. Himmi wohnte parterre und hatte zwei Zimmer, die beide nach vorne rausgingen. Er hatte einen kleinen Balkon und ein anderes Fenster zur Straße hin.

Ich sah natürlich hinein. Ich sah durch seine Scheibe, was er gerade machte: Er lag in seinem Bett. Das heißt, es war eigentlich kein Bett, sondern eine schmale Liege mit Metallbeinen, die man einklappen konnte. Neben seinem Bett stand sein Schreibtisch mit ungefähr 100 Büchern und Zeitungen drauf. Man sah sogar den Stapel mit den vielen grünen Büchern aus dem »Felix-Meiner-Verlag«, die alle mit Philosophie zu tun hatten. Hinter dem Bett und dem Schreibtisch sah man sein Regal, in dem er ebenfalls Bücher, aber auch Klamotten aufbewahrte. Man sah die vielen kleinen Stoffbälle von den Socken und die Pullover und Hemden, die alle nicht zusammengefaltet, sondern zusammengerollt waren. Den meisten Platz benötigten aber auch hier die Bücher. Es waren mindestens 400. Sie stapelten sich oder standen in einer Reihe. Dazwischen ein alter Teddybär und eine alte Blumenvase ohne Blumen. Vor den Büchern stand auch eine Dose, ich glaube, es waren Erbsen. Das heißt, es waren wahrscheinlich Erbsen und Möhrchen, die mochte Himmi nämlich sehr gerne.

Himmi lag ganz gerade unter seinem Federbett und sah auf einen Fernseher, den er am Fußende vom Bett aufgestellt hatte. Der Fernseher leuchtete ihm ins Gesicht. Er hatte einen Schlafanzug an, jedenfalls sah man die Ärmel davon. Er lag ganz still und steif da und sah auf die Mattscheibe. Dann, auf einmal, holte er von unten eine Flasche hervor. Er hob etwas den Kopf, um davon zu trinken. Er setzte die Flasche wieder neben dem Bett ab und legte sich zurück. Er sah aus wie der Pharao, der als Sargdeckel nachgebildet worden war und den ich vor Kurzem in der »Geo«-Ausgabe gesehen hatte. Er blickte auch genauso; irgendwie ins Nichts.

Dann bewegte er sich auf einmal heftig. Er drehte sich unter seinem Federbett um und das Federbett stieg hoch und kippte dann runter vom Bett. Und da sah ich Himmi in seinem Schlafanzug, wie er über dem Rand vom Bett hing. Und ich sah, dass ihm die Flasche unter das Bett gerollt war. Sie war auf seiner Seite darunter gerollt und auf der anderen Seite wieder raus. Himmi ließ sich langsam unter das Bett kippen, das heißt, er sackte mit dem Kopf ganz unter das Bett, während seine Beine oben blieben. Und um das Gleichgewicht zu halten, streckte er seine Beine ganz steil in die Luft. Sie zeigten zur Decke und wackelten hin und her, damit Himmi das Gleichgewicht halten konnte. Er hatte immer noch seine Schuhe an. Er versuchte, mit den Armen die Flasche unter dem Bett zu erwischen, aber noch schaffte er es nicht. Und dann passierte etwas noch Seltsameres: Er konnte die Flasche fassen und packte sie fest mit seiner Hand, aber er versuchte nicht, sich nach oben zu drücken. Er stand auf seinen Schultern und die Beine ragten in die Luft und die Flasche unter dem Bett hielt er einfach nur ganz fest. Himmi blieb so, fast im Kopfstand – total lange. Der Fernseher flackerte und Himmi stand kopfüber neben seinem Bett. Seine Schuhe ließ er merkwürdig kreisen, wie sich drehende Antennen. Ich dachte: Warum kommt der nicht wieder rauf? Aber er bewegte sich nicht. Im Gegenteil, er drehte unter dem Bett die Flasche zu seinem Mund und trank etwas davon. Jedenfalls sah es so aus. Er wollte gar nicht nach oben. Er wollte so merkwürdig verrenkt an der Flasche saugen. Dann kippte er auf einmal um, es gab einen dumpfen Schlag und Himmi lag seitlich auf dem Boden. Dann zog er die Beine hoch bis zum Kopf und blieb so liegen. Er lag da wie ein Embryo. Die Scheibe vor mir war mittlerweile ganz beschlagen von meinem Atem. Ich wischte mit den Fingern vorsichtig ein Loch frei und sah, dass Himmi die Flasche neben sich auf den Boden gestellt hatte. Es war eine Flasche Ramazotti Amaro. Er hatte eine Hand in seine Schlafanzughose zwischen seine Beine gesteckt. So blieb er liegen. Ich dachte: Jetzt müsste ich eigentlich klingeln und ihn fragen, ob es ihm gut geht. Aber das habe ich nicht gemacht. Ich wollte es aus irgendeinem Grund nicht. Es war wohl sehr dumm von mir und feige, weil ich doch sein Freund war. Ich drehte mich um und sah, dass niemand mich beobachtete und die ganze Straße leer war. Dann ging ich.

Ich ging nach Hause, setzte mich vors Fenster und machte Musik an. Draußen blinkte eine Lampe zur Absicherung von einer Baustelle. Ich dachte, ich würde mir jetzt gerne noch die Nudeln kochen, mit der Maggi-Nudelsoße Bolognese, die ich noch hatte. Ich war irgendwie total abgelenkt und zerstreut, sodass ich die Musik wieder ausmachte, was mir sonst nie passiert, denn wenn ich zu Hause bin, läuft immer irgendwas. Ich ging in meine Küche und ließ heißes Wasser in den Topf laufen, dann stellte ich den Topf auf den Herd. Aber statt das Wasser über der Spüle abzustellen, musste ich erst mal eine Zeit lang das warme Wasser über meine Hände laufen lassen. Ich musste irgendwie. Es tat gut und es machte etwas ruhiger. Ich hätte jetzt gerne Himmi gesagt, wie gut warmes Wasser tut. Ich dachte an ihn.

Ich merkte irgendwann, dass ich schon viel zu lange dastand und das bescheuerte warme Wasser über meine Arme laufen ließ, ich glaube, eine elend lange Zeit. Das Wasser im Topf auf dem Herd war schon fast alles verdunstet und die Küche voller Dampf. Ich stellte alles ab, ging zum Kühlschrank und nahm eine Pulle Bier raus. Ich machte sie auf, machte die Musik wieder an, ging ans Fenster, setzte mich und der erste Schluck war wie immer der beste.

## Kapitel 6

# Mädchen kommt

Am folgenden Mittwoch gab es eine Überraschung. Ich war gerade bei Himmi zu Besuch und wir saßen auf dem Balkon. Der ging zur Hausdorff-Straße raus. Auf dem Balkon hatte Himmi ein Regal mit Klamotten und alten Büchern hingestellt, weil es drinnen nicht genug Platz gab. Er hatte zwar außer dem Schlafzimmer auch eine eigene kleine Küche, aber seine Wohnung war so vollgepackt mit Gerümpel und Büchern, dass es keine andere Wahl gab, als einiges auszulagern. Wir warteten also und guckten, was sich so auf der Straße tat. Drüben auf der anderen Seite waren ein Kiosk und die Straßenbahnhaltestelle »Eduard-Otto-Straße«. Himmi sagte, dass er hier oft sitzen würde und dass ein Balkon ein ziemlich großes Stück Freiheit wäre.

Er sagte: »Man ist nicht so eingesperrt mit sich selbst.«

»Mann, Himmi, bis zum Balkon ist es aber keine weite Anreise. Du könntest ja auch mal in der Umgebung was machen.«

Nach einem Moment meinte er: »Existieren ist Reisen genug.«

Das stammte von Fernando Pessoa. Ich weiß es, weil Brigitte es mir später erzählt hat. Fernando Pessoa war ein berühmter portugiesischer Dichter. Ich kannte ihn nicht und überlegte, was Himmis Bemerkung bedeuten sollte, dass man reist, wenn man existiert, aber mir fiel nichts ein.

Himmi sagte auf einmal: »Außer dir ist seit zwei Jahren keiner hier gewesen.«

Ich sagte: »Wieso?«, was eigentlich eine dumme Frage war, weil ich wusste, dass Himmi seit ein paar Jahren kaum noch Freunde hatte.

Er antwortete auch erst gar nicht und stellte seinen Kaffeebecher vorsichtig auf dem Fliesenboden ab. Dann guckte er zu mir herüber und sah mich an. Er drückte kurz beide Augen fest zu und machte sie wieder auf, um mir zu zeigen, dass wir uns gut verstanden. Ich drückte ebenfalls beide Augen zu und wieder auf und nickte.

Es war ein schöner Nachmittag. Kühl und angenehm zugleich, die Luft strich sehr belebend an uns vorbei. Es war ungefähr vier Uhr und über uns sah man eine ziemliche Anzahl kugeliger und weißer Wolken, die vorbeitrieben. Wir guckten rüber, was an der Straßenbahnhaltestelle los war. Ein Penner mit einem dicken Bündel an Klamotten und Plunder hatte sich auf den Plastiksitzen des Wartehäuschens ausgebreitet. Die Plastiksitze hatten sie so krumm gebaut, dass man sich nicht drauflegen konnte, deshalb saß er da, etwas nach vorne gesunken. Er bewegte sich nicht. Er regte sich überhaupt nicht. Ich dachte nach ein paar Minuten, dass er vielleicht gerade gestorben war. Aber dann kam ein Grunzen und er schüttelte sich kurz. Dann machte er etwas Merkwürdiges: Er fing an, an seinem Packen herumzufummeln. Er holte eine Dose raus und eine kleine Melone, außerdem ein Messer und eine Illustrierte, die er über seine Knie legte. Dann schnitt er die Melone auf und legte zwei Stücke neben sich auf den Plastiksitz. Dann versuchte er, mit dem Messer die Dose aufzumachen, aber irgendwie funktionierte es nicht und das Messer rutschte andauernd ab. Himmi stand auf und ging rein.
Nach einer Minute sah ich, wie er vorne aus dem Haus kam und über die Straße ging. Er setzte sich zu dem Penner und gab ihm was. Es war ein Dosenöffner. Sie redeten kurz miteinander und dann kam Himmi zurück.

Er setzte sich wieder neben mich: »Das ist Wolfgang Lüter, Ulrich. Er hat vor acht Jahren mit mir ein Hauptseminar über Leibniz gemacht. Er ist aus seiner Wohngruppe geflogen, weil er angeblich wieder gesoffen hat. Er hat mir eben erzählt, dass er gerade umzieht.«

Ich fragte: »Wohin?«

»Es kann noch dauern, bis er etwas findet, hat er gesagt.« Und dann sagte er noch: »Er hat heute einen Schlafplatz.«

Wir sahen rüber, wo Wolfgang Lüter immer noch seine Mahlzeit zubereitete. Er machte mit dem Öffner die Dose auf und kippte sie vor sich ab. Das ganze Wasser aus der Dose lief über den Gehsteig. Die Leute, die vorbeikamen, wichen der Soße aus und machten einen Bogen über die Fahrbahn. Dann nahm Wolfgang ein Stück Melone und biss hinein. Ich sah, was er dazu aus der Dose essen wollte: Er nahm eine lange Stange Spargel heraus und aß Spargel mit Melone. Er schmatzte so laut, dass wir es hören konnten, wenn gerade kein Auto kam. Der ganze Saft lief ihm am Kinn runter und auf die Hose. Es war ihm egal. Als er sah, dass wir ihm zusahen, winkte er uns mit einer Spargelstange zu, die dabei hin- und herwabbelte. Wir winkten zurück. Es war tatsächlich ein angenehmer Nachmittag.

Nach einer Weile ging ich rein zur Toilette.

Himmis Klo hatte eine klapprige Tür mit einem mickrigen Schloss, wie von einem Kleiderschrank. Ich setzte mich aufs Klo und schob einen Vorhang beiseite, der vor mir ein großes Regal verdeckte. Dahinter waren mindestens 200 Bücher.

Ich selbst las ja sehr wenig, obwohl ich studieren sollte. In meinem Regal standen vielleicht 30 Bücher, und sechs oder sieben davon hatte ich schon als Kind bekommen, zum Beispiel »Metzler – Physik für die gymnasiale Unterstufe«, was ich immer gut fand, weil die Abbildungen der Wellen, der Planeten und Atome so entspannend waren. Man sah andauernd solche Sachen wie kleine gezeichnete Wagen, die sich anstießen und dann in die Richtung rollten, in die ein dicker Pfeil zeigte. Oder zwei Wellen, die zusammen eine viel höhere erzeugten. Irgendwie ging es in Physik immer um Sachen, um die man sich nicht streiten musste. Es war alles genau. Es ging in gewisser Weise um die einfachen Dinge im Leben.

Himmi aber bewahrte riesige Stapel Bücher im Klo auf. Er hatte ebenfalls Physikbücher, aber hier lagen hauptsächlich Romane rum, echte Himmi-Bücher. Sie hatten düstere Titel wie »Verstörung«, »Unter Null.« Oder »Buch der Unruhe.« Eins hieß sogar »Guten Morgen, Mitternacht«, ein anderes »Das Herz ist ein einsamer Jäger«.

Als ich fertig war, holte ich dieses Buch von oben runter, setzte mich noch kurz auf den Klodeckel und las ein bisschen darin rum. Es ging um zwei Freunde, von denen einer taubstumm war. Sie mochten sich, aber der Taubstumme machte sich dauernd Gedanken um den anderen, weil der ständig aus der Rolle fiel und anscheinend geistesgestört war. Himmi hatte das Buch geschenkt bekommen. Er hatte es sich von Heike zum Geburtstag gewünscht und auch gekriegt. Sie hatte es ihm während einer Schifffahrt auf dem Rhein gegeben, zu der sie ihn eingeladen hatte. Es ging von Bonn nach Unkel und zurück. Es war die längste Reise, die sie jemals miteinander gemacht haben. Sie dauerte vom Alten Zoll aus ungefähr anderthalb Stunden hin und anderthalb zurück.

Brigitte hat mir erzählt, dass die Hinfahrt auf der »Filia Rheni« sehr schön war. Sie hatten bequeme Plätze in der Sonne und schauten auf die Beueler Seite. Himmi trug ausnahmsweise ein anderes Hemd, eines mit orangen Streifen, und Heike ihre Safarihose, von der man die Beine abtrennen konnte. Sie rekelten sich in zwei bequemen Stühlen, Heike hatte die Beine durch das Geländer gesteckt und sich bei Himmi eingehakt. Es ging am Petersberg und an der Drachenburg vorbei, am Rolandsbogen und dann an der Schulinsel. Das Wasser spiegelte die Sonne und alles glänzte und funkelte. Es war ultrahell und fast schon unangenehm für die Augen.

Heike fragte Himmi: »Sollen wir auch mal ein Picknick machen?«

»Klar. Gute Idee. Aber jetzt machen wir ja gerade schon einen Ausflug.«

»Man kann ja außer Ausflügen auch Picknicke machen.«

Himmi überlegte und sagte: »Ja, klar.«

Heike fing daraufhin an, im Kopf die Vorbereitungen zu treffen: »Wir bräuchten eine Kühltasche für den Salat. Und für die gekochten Eier. Vielleicht machen wir einen Frühlingssalat mit frischem Kopfsalat und Paprika und Tomaten. Die Eier kann man hälfteln und oben drauf legen.«

Himmi drehte sich auf seine Himmi-Art zu ihr hin, als hätte er was am Halswirbel. Er sagte sarkastisch: »Außer Ausflügen und Picknicken kann man auch Landpartien machen ...«

Aber Heike wurde nicht stutzig oder hörte auf, sich alles auszumalen, sondern rief: »Ach Himmi, wunderbar! Eine Landpartie! Das wäre auch ganz toll! Es ist wichtig, dass man auch mal eine Landpartie macht.«

Himmi quälte sich, um eine richtige Antwort darauf zu finden.

»Und weißt du, was man dafür alles braucht?«, sagte Heike, »man braucht zum Beispiel eine Kutsche mit Pferden. Und ich nehme den Sonnenschirm mit den weißen Troddeln. Und man braucht eine Angel. Und eine Fidel. Und viele Fünfzig-Pfennig-Stückchen ...«

Himmi sagte irritiert: »Was denn für Fünzig-Pfennig-Stückchen ...?«

Und Heike sagte: »Wenn man zum Klo muss. Auch daran muss man denken.«

Himmi setzte sich auf. Er überlegte. Dann sagte er: »Die Fünfzig-Pfennig-Stücke braucht man auch bei einem Ausflug oder einem Picknick.«

Heike sagte: »Stimmt. Da auch.«

Himmi sank in seinen Stuhl zurück. Er war erschöpft.

Aber das war er auch wieder nicht. Er freute sich über Heike und war ganz aufgewühlt vor lauter Zuneigung zu ihr. Er zeigte das aber nicht, sondern linste immer nur verstohlen zu ihr rüber.

Als sie Unkel erreichten und gemächlich auf die Anlegestelle zufuhren, standen sie beide an der Reling und sahen zu, wie die Leute an Land sich aufstellten, um an Bord zu gehen. Das Schiff drehte sich einmal, damit es ordentlich anlegen konnte und bereit war für die Rückfahrt. Dieses Drehen auf dem Wasser mit der riesigen Fläche von glitzerndem Sonnenlicht, dieses schöne Örtchen Unkel, wo schon Leute standen und ihnen zuwinkten, die warme Luft und das Schiffshorn, das plötzlich losging, bildeten einen Moment, in dem Heike ihre Arme um Himmis Hals warf und mit einem Satz in seine Arme sprang. Sie war nicht schwer und so stand Himmi mit der ganzen Heike in den Armen da, bis sie von Bord gehen sollten. Und er freute sich so sehr, das sah man in seinen Augen. Er senkte das Gesicht, wie immer, wenn er sich freute, aber man konnte es gut sehen, an den Augen und am Mund, den er zusammenpresste, damit er vor Glück nicht laut lachte.

Jedenfalls hat Brigitte es so erzählt. Ich saß auf Himmis Klodeckel und dachte auf einmal, dass ich jetzt besser wieder rausgehen sollte. Ich legte das Buch zurück auf den Stapel und zog den Vorhang mit dem roten Blumenmuster zu. Ich ging raus, setzte mich und glotzte wieder auf die Straße.

Himmi sagte plötzlich: »Hier!« Er saß da mit seinem Cordjackett, einer selbst gedrehten Zigarette im Mund, seinen kurzen fettigen Haaren und sein einer Arm hing neben dem Küchenstuhl runter, mit dem anderen hielt er mir eine Bierflasche entgegen. Ich nahm die Flasche und setzte sie an.

Da klingelte es plötzlich.

Himmi sah mich an: »Was soll das denn?«, fragte er, nahm seine Köpi-Pulle und trank ganz schnell noch einen riesigen Schluck. Dann ging er rein, um aufzumachen. Ich wartete. Als keiner kam, stand ich auf und sah mal kurz nach, was Wolfgang Lüter machte und ob auf den Balkons nebenan auch Leute waren.

»Du hast Besuch«, sagte das kleine Mädchen, das auf einmal neben mir stand. Sie meinte aber gar nicht mich, sondern Himmi, der hinter ihr auf den Balkon trat.

Sie wiederholte noch einmal, als ob sie für ein Theaterstück proben würde: »Du hast Besuch, mein Herr.«

Ich sagte: »Und der Besuch bist du.«

»Und der Besuch bin ich«, sagte das Mädchen.

Sie war ungefähr acht oder neun Jahre alt und hatte eine von diesen beknackten Hosen an mit Taschen an den Seiten, die nur bis über die Knie gehen. Darunter trug sie schwarze Dockers, was ich wiederum ganz gut fand. Es waren schwarze klassische Dockers mit hohen Absätzen und ohne Schnickschnack. So etwas hatte ich bei Kindern noch nie gesehen.

Ich sagte: »Tag.«

»Wer bist du?«

»Ulrich.«

Sie sagte noch mal: »Wer bist du denn?«

»Ein Kumpel von Himmi.«

»Wieso nennst du meinen Onkel Himmi?«

»Wir nennen ihn alle so.«

»Bist du auch Alkoholiker?«

Mir fiel nichts Richtiges ein in dem Moment, weil sie so schnell so etwas fragte. Ich musste aber etwas antworten und deshalb sagte ich: »Weiß ich nicht.«

Sie sagte: »Ich heiße Elisabeth.«

Elisabeth war die Halb-Nichte von Himmi und noch nie hier gewesen. Sie war tatsächlich acht Jahre alt. Himmi hatte sie zwar schon ein paarmal bei seiner Halbschwester Eva besucht und sie kannten sich ganz gut. Aber sie selbst war noch nie bei Himmi gewesen, weil die Eltern das nicht wollten. Eva hatte nie bei Himmens im Haus gewohnt, weil ihr Vater sie in seiner ersten Ehe gezeugt hatte. Sie lebte immer bei ihrer Mutter in Stuttgart und war komplett anders als Himmi und Brigitte. Sie war sehr selbstbewusst und mied Himmi. Sie war Juristin und arbeitete bei einem Energiekonzern. Sie hatte so eine Art, dass sie einen nie ausreden ließ. Sie sagte immer sofort Ja, wenn man einen Satz angefangen hatte. Oder sie sagte Ja, und? Wenn Himmi zum Beispiel sagen wollte: »Ich dachte, ich bring mal ein Geschenk für die Kleine mit«, dann kam er nur bis »Geschenk«. Eva ging dazwischen und sagte: »Ja, und?«

»Ich dachte ...«

»Ja, ein Geschenk. Und was für eins?«

»Im Kaufhof hatten sie im Angebot so eine ...«

»Ja, was?«

»Ähm, eine Rakete ...«

»Ja, und? Wozu?«

So ungefähr lief die Unterhaltung mit ihr. Himmi hatte seiner Nichte einmal ein Geburtstagsgeschenk machen wollen. Vor zwei Jahren. Aber es kam nicht dazu, dass er es überreichen konnte. Die Rakete aus Pappe stand immer noch zusammengefaltet bei Himmi herum, eingeklemmt zwischen Schrank und Regal. Wir bauten die Rakete an diesem Abend auf und Elisabeth kroch rein, aber ein fröhliches Spiel wurde das nicht. Eher traurig.

Himmi mochte seine Schwester Eva nicht sehr und sie mochte ihn nicht. Sie sagte einmal, dass sie ihre Familie »vor den anderen zu schützen verstehe«. Die »anderen« waren eigentlich nur Himmi und Brigitte. Aber Himmi war nicht feindselig ihr gegenüber. Er sagte mal, dass sie viel Last mit sich herumtragen würde: »Ihr Ego ist ein ganzer Zoo. Der wird von allen Seiten gefüttert. Und dafür kann sie nichts.«

Elisabeth hieß zwar Elisabeth, aber Himmi nannte sie den ganzen Tag lang nicht bei ihrem Namen. Er sagte immer nur »Mädchen« zu ihr. Auch später, als sie mitkam ins Happy End, sagten alle nur Mädchen zu ihr, das heißt, sie sagten »Mädschen«, weil sie das »ch« nicht hinkriegten.

Die beiden gingen rein, um einen Kakao zu kochen. Nach fünf Minuten kamen sie wieder raus auf den Balkon und Mädchen fragte: »Kommst du mit Eis essen?«

Ich fragte Himmi: »Willst du denn Eis haben?«

Himmi antwortete verzagt: »Mädchen lädt uns, glaube ich, ein.«

»Wie?«, erwiderte ich verblüfft.

Und Himmi sagte mit ernster Stimme: »Das ist eine Einladung ...«

Wir trugen also die Stühle wieder rein, gingen zum Markt-platz in die Eisdiele und bestellten drei Eis. Mädchen hatte ziemlich viel Geld dabei. Jedenfalls mehr als wir.

Ich wusste, dass Himmi eigentlich kein Eis mochte, weil er die Eisesser hasste, die sonntags durch Bonn schlenderten. Er beschrieb das so: »Das obszöne Gelecke und die Typen mit ihren über die Schultern geworfenen Pullovern und die Klein-bürger-Entspannung, bevor die Treibjagd wieder losgeht ...« Das waren seine Worte für die Eisesser.

Ich selber mochte Eis auch nicht so gerne, aber Mädchen fragte noch nicht mal, was für eins wir haben wollten, son-dern bestellte einfach für jeden drei Kugeln. Der Mann mit dem weißen T-Shirt hinter dem Eistresen wartete darauf, dass wir uns eine Sorte aussuchten. Deshalb bestellte Mädchen für uns alle: Schoko, Pfirsich und noch mal Schoko.

Auch wenn ich kein Eis mochte, fiel mir wieder auf, wie ent-spannend Eisdielen sind: angenehm kühl, alles ist durchsich-tig, und der ganze Laden ist so, dass man andauernd rein und rausgehen kann, ohne dass es einen stört. Es gibt nichts Wichtiges in Eisdielen, das ist das Beste daran.

Wir gingen zum Hofgarten und setzten uns auf eine Bank. Die Hofgartenwiese war gerade gemäht worden und es waren nicht viele Leute da. Ein paar Studenten kickten und ein paar Leute lagen in der Sonne.

Die Hofgartenwiese steigt an den Rändern leicht an, sodass man sehr bequem liegen und trotzdem beobachten kann, was drum herum passiert. Das ockerfarbene Hauptgebäude stand friedlich am Ende der Wiese. Die beiden Türme mit ihren Schieferdächern glänzten in der Sonne. Das ist an der Bonner Uni sehr gut: dass sie nicht bedrohlich aussieht. Auch wenn man nicht hingehen muss, geht man gerne einmal rein ins

Gebäude und betrachtet den Innenhof. Und wenn man von der Mensa in die Stadt geht, nimmt man gerne den Weg durch die Uni. Auch wenn ich ein schlechter Student bin, aber in der Uni bin ich trotzdem immer gerne.

Wir zogen den ganzen Abend in der Stadt rum. Wir waren mal kurz im Bla und dann am Alten Zoll, wo Mädchen bei ein paar Leuten ausprobieren durfte, wie man eine Boule-Kugel wirft.

Um neun Uhr gingen wir wieder zu Himmi. Mädchen durfte über Nacht bleiben. Mich wunderte das, aber es war so abgemacht.

Mädchen ging ins Bett, Himmi wollte auf dem Boden schlafen. Dass Himmi keine Ersatzbettwäsche hatte und keinen frischen Bezug, störte sie nicht. Sie kletterte ins Bett und zog sich die Decke bis unter das Kinn, zog dann ihre Arme wieder heraus und legte sie ordentlich nebeneinander oben auf die Decke.

Dann sagte sie: »So, jetzt wird geschlafen.«

Himmi und ich setzten uns wieder auf den Balkon. Es war noch schön warm und irgendwie still draußen. Es kamen nur wenige Autos vorbei und nur wenige Vögel schilpten.

Himmi sagte: »Nicht schlecht, wenn alles so still ist.«

Ich dachte: Komisch, das habe ich gerade auch gedacht.

Dann sagte Himmi: »Ich glaub', ich hol uns was.«

Jetzt fiel mir auf, dass er seit dem Alten Zoll kein Bier getrunken hatte und das war schon ziemlich lange her.

Himmi ging rein, hantierte am Kühlschrank, kam raus und öffnete die Flaschen aneinander.

Wir setzten gerade zum ersten Schluck an, als Mädchen in ihrem Schlafanzug aus dem dunklen Zimmer zu uns raus kam. »Wollt ihr schon wieder Bier trinken?«

Himmi fiel in seinem Stuhl nach hinten. »Was ist denn?«

Mädchen sagte: »Wenn du soviel trinkst, gehe ich wieder.«

Himmi sagte: »Aber du bist doch überhaupt ...« Dann hielt er den Mund.

Mädchen ging jetzt barfuß zum Geländer und guckte nach unten: »Geht ihr noch weg?«

Himmi sagte sofort: »Nein, ganz sicher nicht! Kannst du nicht schlafen?«

Mädchen sagte: »Nein. Ich gehe in die Rakete.« Sie ging wieder ins Zimmer und rief: »Ich zeige euch, wie die geht!«

Himmi sah mich an, wiegte den Kopf bedeutungsvoll hin und her und fragte leise: »Kommst du mit?«

Ich sagte großzügig »Hey, Himmi ...« und wir gingen rein.

Mädchen hatte schon die komplette Rakete aufgebaut, war innen drin und schaute durch ein Fenster zu uns heraus, das aussah wie ein Bullauge. Sie rief: »Aber nur, wenn ihr kein Bier trinkt!«

Wir setzten uns beide gegenüber aufs Bett.

Mädchen machte das Fenster der Rakete zu und sagte von innen drin: »Ich starte jetzt!«

Wir sagten nichts.

»Wollt ihr mit?«

Himmi zögerte etwas, aber dann sagte er: »Ja... warum nicht?«

Ich sagte ebenfalls: »In Ordnung.«

Mädchen startete. Sie hatte so ein Instrument mit Batterie, das Geräusche von Raketendüsen erzeugte. Eine scheppernde Maschinenstimme sagte dazu ... ten, nine, eight ... und so weiter und dann Lift off! Jetzt waren wir also im Weltraum. Aus der Rakete kamen Weltraumgeräusche, wie von einer Wohlfühl-CD.

Mädchen sagte: »Im All gibt es keinen Sauerstoff. – Und kein Bier! Setzt die Atemgeräte auf!«

Himmi sagte: »Haben wir.«

Mädchen meinte: »Noch etwas warten und wir sind schwerelos.«

Wir warteten. Es war eine halbe Minute lang sehr angenehm. Die Rakete flog immer gleichmäßiger und ruhiger.

Als ich Himmi nebenbei ansah, sah er auch mich aus den Augenwinkeln an und machte zugleich das Daumen-hoch-Zeichen.

Mädchen sagte: »Jetzt sind wir im All. Ihr könnt die Helme abnehmen. Die Atemgeräte lasst ihr aber an.«

Himmi zupfte mich am Ärmel. Er hielt mir zwei Finger vors Gesicht und deutete nach draußen, wo unsere Bierflaschen standen. Ich stand leise auf, ging raus und holte die Flaschen. Himmi nahm seine lautlos in die Hand.

Mädchen hatte angefangen, allerlei zu erzählen. Von den Marsianern, von ihrem Schwimmverein und von Delfinen. Und dann kam sie auf ihre Oma zu sprechen. Die war vor Kurzem gestorben. Es war die Mutter des Mannes von Eva, daher kannte Himmi sie kaum. Er hatte sie nur einmal bei einem der unvermeidlichen Familientreffen gesehen. Mädchen erzählte in ihrer Rakete, was die Oma in ihrem Leben alles gemacht hatte: Sie war Hausfrau gewesen, außerdem Friseuse und hatte den Frauen in der Nachbarschaft die Haare gemacht. Als ihr Mann starb, hatte sie keine Freunde mehr, nur noch die Bekanntschaften vom Haareschneiden. Mädchen erzählte, dass die Oma ihr beigebracht hatte, auf den Fingern zu pfeifen. Sie hatten manchmal eine ganze Stunde lang auf dem Balkon gestanden und geübt. Dann gab Mädchen eine Kostprobe und pfiff ziemlich laut aus dem Bullauge ins Zimmer. Dabei steckte sie auch einen Arm hindurch.

»Ihr trinkt ja doch Bier! Das geht jetzt nicht!«

Himmi sagte: »Zieh mal das Hemd richtig an.«

»Da dran sind die Arme so eng!«

»Ist doch egal, aber es sind die Arme.«

Mädchen sagte: »Onkel Himmi?«

»Ja?«

»Was ist jetzt mit der Oma? Wo ist sie?«

Himmi griff an seine Hemdtasche, in der die Zigaretten steckten, aber er ließ den Arm wieder sinken. »Die Oma ist tot.«

»Und wo?«

Himmi sah nach oben zur Decke und überlegte. Er seufzte: »Die Oma ist nirgendwo.«

Mädchen machte irgendwas oder drehte sich um, jedenfalls wackelte die Rakete kurz. »Die Oma ist im Himmel!« rief sie plötzlich laut. »Du kennst sie ja gar nicht, deshalb hast du keine Ahnung!«

Himmi sagte nichts und ich auch nicht. Dann hörten wir, dass Mädchen heulte. Himmi zog geschmeidig seine Bierflasche neben sich hervor und nahm leise einen Schluck. Dann unterdrückte er einen Rülpser und sagte: »Komm, hör mal … Jetzt heul doch nicht … Die Oma ist jetzt weg und auch nicht an einem anderen Ort. Sie ist einfach nicht mehr auf der Welt. So weit ich weiß, war sie sehr krank. Und wenn sie könnte, würde sie sagen, es ist gut, dass ich nicht mehr da bin.«

Ich sah Himmi kurz an. Ich fand das eine merkwürdige Erklärung.

Mädchen anscheinend auch. Sie rief: »Aber wir werden von den Engeln in den Himmel getragen. Und da sehen wir alle wieder, die wir kennen. Wir sind von den Sünden gereinigt und schauen Gott.«

Himmi sagte leise zu sich selber: »Wir schauen Gott …«

»Ja! Wir sehen Gott von Angesicht zu Angesicht, sagt die Frau Liesenfeld in Religion. Und wir sind die Gerechten und Jubel der Engel Chor!«

»Jubel der Engel was?«

»Die Engel jubeln dann.«

»Tja«, seufzte Himmi.

Und Mädchen rief weiter: »Dann sind wir an unserer Heimstatt und alle sind da, wenn sie vorher gebeichtet haben.«

»Das ist, glaube ich, nicht die Wahrheit«, sagte Himmi. »Deine Oma hat eine Woche in einem Kühlschrank gelegen und jetzt liegt sie in der Erde. Man kann nicht so einfach behaupten, dass ihre Seele in den Himmel gekommen ist. Ich glaube nicht, dass da noch etwas ist, wenn man stirbt. Es ist aber deshalb nicht schlechter als vorher, das heißt ...«, Himmi fuhr sich mit der Hand über die Haare, »... es ist sozusagen wie immer. Das denke ich manchmal. Es ist vorher und nachher gleich.«

Diese Bemerkung habe ich nie verstanden.

Einen Moment lang sagte keiner was.

Dann sagte Mädchen leise: »Onkel Himmi, das macht mir Angst.«

Himmi atmete tief durch. »Ja, mir auch. Aber du musst keine Angst haben, es gibt eine Art und Weise, da sind alle immer zusammen. Ich bin dein Onkel und will doch nichts sagen, was nicht stimmt. Wichtig ist, dass du noch viel an die Oma denkst.«

Mädchen sagte: »Hast du denn nie von den Engeln gehört?«

Himmi antwortete: »Ich glaube, wenn es die gibt, dann sitzen sie den ganzen Tag vor einem Fernseher, der nur ein Programm hat, auf dem sie uns zusehen müssen, und sie sind eher traurig und keiner sagt etwas.«

»Papa sagt, du guckst zuviel Fernsehen.«

»Das stimmt nicht. Nur manchmal.«

»Man lernt nichts beim Fernsehen.«

Himmi sagte deutlich: »Im Fernsehen gibt es viele Sachen, die man sonst nie erlebt.«

»Und was für welche, bitteschön?«

»Man sieht zum Beispiel den Anfang und das Ende von etwas. In jedem Film gibt es einen Anfang und ein Ende. Das findet man sonst kaum. Man sieht auch fremde Länder. Und man sieht ab und zu Tote. Die gibt es sonst auch nicht zu sehen.«

Mädchen sagte: »Ja, das stimmt. Die glotzen so fies.«

Himmi konnte sich nicht zurückhalten und sagte: »Sie schauen Gott ... vermutlich.«

»Nein!«, rief Mädchen, »sie sind überrascht, dass sie tot sind. Deshalb gucken sie so.«

»Nein.«

»Doch!«

»Sie sind nicht überrascht. Die meisten leben sehr lange und wissen, wann es genug ist.«

»Finde ich nicht. Ich will immer auf der Welt bleiben.«

»Nein«, sagte Himmi leise, »das wirst du nicht. Schau dir mal einen Schmetterling an: Der hat, wenn er fertig ist, noch 48 Stunden zu leben. Das ist sein ganzes Leben. Und das reicht ihm. Auch das hab ich übrigens im Fernsehen gesehen.«

»Nein! Er lebt viel länger!«

»Nein.«

»Doch!«

»Nein!«

»Doch! Doch! Doch! Doch! Doch!«

Himmi sah zu mir und dann wieder auf das Bullauge. Sie hatten sich gestritten, aber er sah gar nicht verärgert aus. Eher weich und traurig. Dann sagte er ruhig: »Ja, Mädchen. Stimmt. Du hast recht. Er lebt viel länger.«

Einen Moment lang passierte gar nichts. Dann stieg Mädchen aus der Rakete, fiel Himmi um den Hals und heulte. Himmi nahm sie in den freien Arm.

Später saßen wir alle in Himmis Zimmer, und Mädchen lag auf Himmis Bauch und schlief. Sie hatte ihren Schlafanzug an und außerdem ihre Dockers und hielt sich an seinem Hemdkragen fest. Himmi versuchte, sich nicht zu bewegen, und langte hin und wieder ganz langsam nach einer Flasche Wein, die er noch gefunden hatte. Ich saß im Sessel gegenüber und damit war erst mal alles wieder friedlich.

## Kapitel 7

# Ich saz uf eime steine

Am nächsten Tag trafen wir uns wieder. Es war ein ziemlich schöner Tag mit viel Sonne. Himmi musste erst nachmittags jobben. Ich hätte ein Proseminar besuchen müssen, aber ich hatte noch nicht mal die Literaturliste abgeholt. Es ging um Kirchensynoden in fränkischer Zeit. Das war offensichtlich das langweiligste Thema in diesem Semester. Ich hatte es belegt, weil die guten Seminare alle voll waren. Bei Kirchensynoden in fränkischer Zeit gab es kaum Teilnehmer. Deshalb bestand aber die Gefahr, dass ich im Seminar etwas sagen musste. Ich konnte die lateinischen Texte nicht übersetzen. Ich wusste hier und da, was die Wörter hießen, aber ich konnte sie nicht richtig in ganze Sätze bringen. Irgendwie blieben immer ein paar Wörter übrig, die ich nicht unterbrachte, oder ich musste mir eingestehen, dass ich den Sinn nur erraten hatte. Daher entschloss ich mich, gar nicht hinzugehen und den Vormittag zu genießen.

Mir war nicht wohl dabei, als ich zu Himmi ging, ich dachte andauernd: Jetzt hat die Stunde angefangen. Und: Jetzt geben sie bekannt wer fehlt. Und: Jetzt machen sie bestimmt gerade Quellenarbeit. Solche Sachen gingen mir im Kopf herum. Es war genau wie in der Schule. Aber irgendwie ging ich trotzdem locker und mit Schwung zu Himmi, denn wir hatten ja was vor und Mädchen war da und hatte bestimmt ein paar Wünsche, was wir machen sollten.

Und so war es auch: Was sie vorhatte war, runter zum Rhein zu gehen und ein bisschen auf der Bank zu sitzen.

Als ich bei Himmis Haus ankam, hockten Himmi und Mädchen schon draußen auf den Stufen vom Hauseingang. Mädchen versuchte gerade, sich eine Bügelfalte in die Jeans zu machen, und fummelte an ihrer Hose rum. Himmi hatte ihr gesagt: »Du bist nicht erwachsen. Du hast nicht mal eine Bügelfalte in der Hose.« Dabei hatten seine Hosen nur deshalb vorne einen Knick, weil er sie am Schrank bügelte: Wenn sie nass waren, hing er sie über die Schranktür und rieb sie mit den Händen gerade. Dabei bekamen sie dann so etwas wie eine Bügelfalte.

Wir brachen auf.

Wir gingen zu Fuß zum Rhein, weil wir zusammen nur ein Fahrrad hatten, nämlich meins. Himmi war irgendwie keiner, der Fahrrad fuhr, nur in der Not, sozusagen. Sein Rad lag schon seit Monaten gegenüber vom Happy End in einer Hecke. Manchen Leuten steht Radfahren einfach nicht. Himmi hatte mal eine Runde auf dem neuen Rennrad von Püppi vor dem Happy gedreht. Er legte sich irgendwie total tief nach vorne über das Rad, obwohl er nur Schritttempo fahren konnte, und schlug sich dann noch beim Bordsteinhochfahren den Lenker gegen das Kinn. Horst sagte damals nur: »Befremdlich, das Ganze ...«

Daher gingen wir zu Fuß zum Rhein.


Vorher gingen wir aber noch zu PLUS, um Proviant einzukaufen. Mädchen kaufte Saure Pommes, eine Apfelsine und eine Flasche Kakao. Ich kaufte ein Kürbiskernbrot, geschnitten, eine Packung Salami und drei PET-Flaschen Holsten, weil die in der Tasche nicht kaputtgehen. Himmi kaufte sechs Dosen Schloss-Pils, eine Packung Kräcker, vier eingeschweißte Frikadellen und eine Orange. Hinter die ganzen Sachen auf dem

Laufband legte er dann noch ein paar Sportschuhe der Marke Kill-Tech mit einer Schaumsohle in brauner Farbe. Mädchen meinte dazu: »Braun sieht nicht gut aus«, aber schon waren die ganzen Sachen zur Kasse gefahren. Himmi nahm noch schnell ein Päckchen Kümmerling aus dem Regal neben der Kassiererin.

Die schob mit ihrem massigen Unterarm die Sachen vom Band in unseren Einkaufswagen. Himmi und ich bemerkten zu spät, dass Mädchen einen Organizer aufs Band gelegt hatte, der über 50 Mark kostete, sie hatte aber nicht genug Geld dabei.

Die Kassiererin fragte: »Ist von Ihnen jemand die Eltern oder verantwortlich?«

Himmi sagte sofort: »Ja, ich ... eigentlich.«

»Eigentlich. Können Sie die Ware bezahlen? Sonst leg' ich sie weg.« Sie sah Himmi streng an und wartete auf eine Antwort.

Himmi zögerte etwas. Es dauerte total lange, bis er etwas sagte. Die Leute hinter uns machten schon genervt Geräusche mit ihren Einkaufswagen. Dann endlich sagte er leise: »Legen Sie's bitte weg.«

Die Verkäuferin nahm den Organizer und steckte ihn in ein Fach unter der Kasse. Dann bezahlten wir den Rest und gingen raus. Draußen war es noch sonniger und wärmer als vorher.

In der Rheinaue setzten wir uns auf eine Bank in der Nähe vom Schaumburger Hof. Sie stand etwas entfernt davon in die Bonner Richtung neben einer weiteren Bank, dort wo der Weg noch in Fußweg und Radweg geteilt war und viel Wiese dahinter lag. Die zwei Bänke standen etwas erhöht zwischen zwei Bäumen, sodass man gut auf den Rhein sehen konnte und die Fußgänger nicht so nahe vorbeigingen.

Auf der benachbarten Bank breiteten wir unsere Sachen aus. Dann fingen wir mit dem Frühstück an. Mädchen machte ihren Kakao auf und wir beide ein Bier. Das Schloss-Pils schmeckte gar nicht schlecht, Note 2 bis 3 würde ich sagen.

Wir lehnten uns zurück, blickten auf den Rhein und sahen, wie die Schiffe vorbeituckerten. Am Rhein ist eigentlich immer jeder beeindruckt. Es ist einfach so. An diesem Tag zog ein angenehmer Wind über den Fluss. Wo der Rhein vom Wind berührt wurde, wurde er ganz rau, als bekäme er eine Gänsehaut. Dazwischen aber blieb die Wasseroberfläche ganz glatt. Überall blitzten kleine Wellen im Sonnenlicht. Ich würde sagen, man konnte gut 50 Blitzer gleichzeitig sehen. Wenn ein Schiff vorbeifuhr, wurde das alles durchgemischt, schwappte am Ufer über die Stufen der kleinen Treppe, die ins Wasser runterging, und wippte eine kleine Familie Enten auf und ab. Dann aber trieb der Rhein wie vorher weiter, sehr ruhig, mit den rauen und glatten Flächen, silbern und irgendwie sehr geduldig. Himmi und Mädchen stritten sich zwischendurch, ob der Rhein auf dem Rücken oder auf dem Bauch schwimmen würde.

Wir blieben lange unten am Fluss, ungefähr bis 12 Uhr.

Einige Zeit bevor wir wieder aufbrachen, unterhielten sich Himmi und Mädchen über andere Sachen. Über Fahrräder oder über Fallschirmspringen zum Beispiel. Es war eine muntere Unterhaltung, bei der schätzungsweise alle zwei Minuten das Thema gewechselt wurde.

An einer Stelle sagte Mädchen: »Warum bist du noch nicht verheiratet, Onkel Himmi?«

»Wieso muss ich dir das erzählen?«

»Weil du keine Freundin hast.«

Himmi knickte seine Bierdose säuberlich klein. Dann sagte er: »Ja, das stimmt. Ist das denn so schlimm?«

Mädchen meinte: »Weiß ich nicht.« Und dann sagte sie weiter: »Ohne Familie ist das Leben vertan.«

Himmi knickte seine Bierdose noch kleiner: »Das haben deine Eltern erzählt, oder?«

»Ja«, sagte Mädchen.

»Dein Vater und deine Mutter sind das Letzte«, sagte Himmi leise.

Mädchen bewegte sich, als ob etwas sie schüttelte. Sie rief: »Aber dich können sie auch nicht ausstehen! Weil du ein Trinker und Depressiver bist!«

Himmi atmete schwer durch, dann stand er auf und ging.

Mädchen schrie »Onkel Himmi, Onkel Himmi!" und lief ihm nach. Aber Himmi ging mit so großen Schritten weg, dass Mädchen auch rennend nicht hinterherkam. Ich konnte sie bald beide nicht mehr sehen, weil sie runter zur Anlegestelle von der Bonner Personenschifffahrt liefen.

Ich überlegte, ob ich hinterhergehen sollte, aber mir fiel in solchen Situationen immer zu wenig ein. Außerdem standen unsere ganzen Taschen und Lebensmittel bei der Bank. Deshalb hatte ich kein schlechtes Gewissen, als ich einfach sitzen blieb. Ich hatte meinen Walkman dabei und setzte ihn auf. Es ging los mit den Weatherprophets: Naked as the day you were born. Dann kam Blitzkrieg Bop von den Ramones, dann Stolen Property von den Triffids. Und irgendwann kam eines meiner absoluten Lieblingslieder, nämlich Lilac wine von Jeff Buckley. Ich war sofort locker, fühlte mich gut und entspannte mich. Dazu starrte ich auf den Rhein, der mit all dem Wasser vorbeifloß, und auf die Leute, die mit Fahrrädern vorbeifuhren, und die Schiffe, die mit ihren drehenden Radarpeilern ebenfalls vorbeifuhren. Ein Fußball rollte gegen unsere Rucksäcke und ein Junge kam und entschuldigte sich sehr höflich. Ich sah das, obwohl ich ihn nicht hören konnte. Er lief mit seinem Ball wieder fort. Der Rasen hinter unseren Bänken war frisch gemäht worden, und es machte garantiert Spaß Fußball zu spielen. Er hatte gar keinen Mitspieler, er schoß immer nur seinen Ball fort und rannte dann hinterher. Wie ein Hund. Er hatte einfach Spaß am Rennen und an dem Ball. Als ich wieder über den Rhein sah, flogen gerade jede Menge Vögel vorbei, und zwar in einem riesigen Dreieck. Auf einmal löste sich die eine Seite von dem Dreieck auf, weil einige Vögel anscheinend woanders hin wollten. Es war, als Lilac Wine zu Ende war, die Stelle, an der Jeff Buckley so tief seufzt.

In dem Moment kamen Mädchen und Himmi zurück. Mädchen war wieder gut gelaunt und lachte. Sie hatten sich anscheinend vertragen und über etwas Schönes unterhalten.

Mädchen sagte: »Hallo Ulrich! Wir waren bis zum Schaumburger Hof. Wir haben einen Bernhardiner getroffen und haben ihn gekämmt. Himmi hat Angst vor Hunden.«

Himmis Miene wurde väterlich ernst: »Blödsinn! Man weiß halt nie, wie sie gerade gelaunt sind. Irgendwie sind Hunde mimisch indifferent.«

Mädchen setzte sich zwischen uns auf die Bank. Sie fragte Himmi: »Kannst du mir eine Apfelsine schälen?«

Himmi überlegte kurz und holte dann die Apfelsine aus dem Rucksack. »Es ist nur eine da.« Er fing an, mit den Daumen auf der Apfelsine rumzudrücken.

Mädchen sagte: »Das musst du mit dem Messer machen!«

»Ach was, das geht so ...«

Aber die Apfelsine ging nicht auf, er machte mit seinen Fingern nur Beulen und Dellen rein.

Mädchen hatte ein Taschenmesser dabei und gab es Himmi. Er klappte die größte Klinge auf und stach mitten rein.

Mädchen rief: »Mann, Himmi! Du kannst das ja gar nicht! Man macht Ritze rein und schneidet dann den Deckel ab!« Sie hielt mit zwei Armen Himmis rechten Arm fest und nahm ihm das Messer ab.

Himmi wich zurück, als sie neben ihm mit dem Messer hantierte. Mädchen zeigte ihm dann, wie es besser ging. Ich wollte eigentlich sagen, dass ich rein theoretisch auch wusste, wie es geht, kam aber nicht dazu. Mädchen wusste ganz gut Bescheid und gab uns nacheinander kleine Stückchen Apfelsine. Himmi aß sie komischerweise nicht sofort auf, sondern wartete, bis seine Hand vollgestapelt war.

Als jeder mit dem Kauen beschäftigt war, sagte Mädchen: »Onkel Himmi, wer hat dir die Geschichte erzählt?«

Himmi sagte: »Das habe ich aus der Uni-Bibliothek.«

»Liest du mir das noch mal vor?«

»Okay. Gleich.«

Ich fragte: »Was für eine Geschichte?«

Und Mädchen sagte: »Eine Geschichte aus der Ritterzeit. Von dem Dichter Horst Vogelweide.«

Himmi hatte schnell seine Apfelsinenstücke in den Mund gedrückt und ein kleines Heftchen aus seiner Jacke gezogen. Er blätterte darin rum und ich sah, dass er jede Menge angemarkert und unterstrichen hatte. Er sah mich kurz an, als wollte er fragen, ob es losgehen konnte. Dann las er:

*Ich saz uf eime steine,*
*do dahte ich bein mit beine*
*dar uf satzte ich min ellenbogen,*
*ich hete in mine hant gesmogen*

*daz kinne und ein min wange.*
*Do dahte ich mir vil ange,*
*wie man zer werlte solte leben.*
*Deheinen rat kond ich mir gegeben,*
*wie man driu dinc erwurbe,*
*deheinez niht verdurbe,*
*diu zwei sint ere und varnde guot,*
*der jetwederz dem andern schaden tuot,*
*daz dritte ist gotes hulde,*
der zweier übergulde ...

In dem Stil ging es noch etwas weiter. Mädchen hörte gespannt zu. Es war aus einem Gedicht von Walther von der Vogelweide, das ich später selber noch mal mit Brigitte zusammen gelesen habe. Es hieß Der erste Reichsspruch. Es geht darum, dass keiner glücklich sein kann ohne Ehre, Besitz und Gottes Gnade. Und erst recht nicht, wenn man das alles in Zeiten haben möchte, in denen Friede und Recht bedroht sind.

Himmi übersetzte es noch mal für Mädchen. Dann sagte er spöttisch: »Ich habe nichts davon: weder Ehre, noch Gut noch Gottes Huld.«

Mädchen sagte: »Aber du kannst sehr gut vorlesen, Onkel Himmi!«

Eines fand ich noch merkwürdig an dieser Sache: Mädchen machte jede Bewegung mit beim Vorlesen. Sie schlug erst die Beine übereinander – genauso wie Walther von der Vogelweide es getan hatte. Dann stützte sie den Ellenbogen drauf. Dann legte sie ihr Gesicht in die aufgestützte Hand und sah sehr nachdenklich drein, wie der melancholische Dichter selbst. Sie hatte das alles ziemlich schnell begriffen. Es machte ihr großen Spaß.

Auf einmal fiel mir ein, dass ich heute bei meinen Eltern essen musste. Es war Freitag, und das war der Tag, an dem ich mich ihnen wie verabredet »zeigte«. »Ich hab vergessen, dass ich heute daheim essen muss. Deshalb muss ich gleich abhauen. Wollt ihr mitkommen?«

Mädchen sagte sofort »Ja« und so musste auch Himmi mitkommen.

Wir packten ein, stopften die Flaschen in den Mülleimer und gingen durch Plittersdorf bis zur U-Bahn. Dann fuhren wir bis Uni/Markt und stiegen um in die Straßenbahn, um wieder in Richtung Kessenich zu fahren. In der U-Bahn hingen jede Menge Punks rum und feierten. Das hatte ich schon lange nicht mehr gesehen. Ich dachte, die Punk-Ära sei eigentlich schon zehn Jahre vorbei, aber andererseits gab es ständig neue Punkbands und heute war anscheinend Vollversammlung.

Als wir die Treppe hochkamen zum Ausgang, waren es noch viel mehr Punks. Es war prächtiges Wetter und der ganze Kaiserplatz war voll von ihnen.

Ich traf zufällig einen meiner Klassenkameraden von früher. Es war Torsten Dreher. Eigentlich hieß er Torsten Ottokar Dreher, deshalb stand auf seiner Klingel nur »T.O.D.« Das kapierte natürlich kein Briefträger, und auch viele Leute, die ihn besuchen wollten, wussten nicht, wo sie klingeln sollten. Aber das war Torsten egal. Er hatte sowieso meistens keine eigene Bude und schlief bei irgendwelchen Kumpels. Oder er hockte sich nachts mit den anderen in den Behindertenaufzug vom Stadthaus und machte mit ihnen Party, bis alle besoffen waren und einschliefen. Ansonsten war er fast immer auf dem Kaiser. Er hatte nur wenige Haare, weil er sie sich irgendwann mit Autolack eingesprüht hatte und sie danach ausgefallen waren. Er saß gerade am Brunnen und trank gemütlich ein Hansa. Hansa war eine dermaßen billige Biersorte, das war nicht mehr zu unterbieten. »Ey, Ulrich!« sagte er, als ich kam, »Musste zur Arbeit?«

»Ich muss zu meinen Eltern. Essen.«

»Na, Scheiße«, sagte er. »Sag mal, brauchst du ein Fahrrad? Ich hab ein Alu-Rad da.«

»Nein«, sagte ich, »ich hab mir eins von der Caritas besorgt. Von dem Lädchen hinter Verpoorten. Ist ein gutes Holland-Rad mit Drei-Gang-Schaltung.«

Torsten sagte: »Ist schon okay. Willste ein Bier?«

Ich sah Himmi und Mädchen an, die ohne was zu sagen daneben standen. Ich wollte schon eins, aber wir mussten ja eigentlich zu meinen Eltern weiter. Ich sagte: »Ja, klar. Haste ein kaltes?«

»So kalt wie der Brunnen.«

Der Brunnen auf dem Kaiserplatz war zwar nicht kalt, aber immerhin auch nicht warm, sodass das Gebräu einigermaßen schmackhaft war. Auch Himmi bekam ein Bier.

Wir setzen uns alle und dösten neben Torsten ein paar Minuten in der Sonne vor uns hin. Auf einer Bank stand ein Gettoblaster, und es liefen ultralaut Bands wie Bad Brains und Slime. Das sind jedenfalls die einzigen, die ich erkannt habe, das neuere Zeug war irgendwie an mir vorbeigegangen. Torsten Dreher hatte mal Germanistik studiert, aber nach vier Wochen abgebrochen und bei einem Zelteverleih gejobbt. Er ging danach noch ungefähr ein halbes Jahr in die Cafeteria von der Uni, bis er Hausverbot bekam, weil er immer Bier mitbrachte.

Auf einmal gab es ziemlich Unruhe. Hinter uns kippten ein paar Leute ein Paket Waschmittel in den großen Brunnen.

Durch das Wasser, das von oben runterklatschte, bildete sich in wenigen Minuten ein riesiger Schaumberg.

Nach zehn Minuten war er so groß, dass er über den ganzen Platz wuchs und die Straße nebenan versperrte. Die Autos mussten stehenbleiben, weil man im Schaum nichts mehr sah. Die Punks und die Penner bewarfen sich mit dem Schaum und tobten darin herum. Man hörte, wie sie sich irgendwo in der Schaumburg in den Brunnen fallen ließen. Hier und da kam einer mit seinem Rucksack und einer Dose Bier aus dem Schaum raus, ging ganz außen rum und stieg hinten wieder rein.

Allmählich waren es ziemlich viele, die im Brunnen badeten. Ein Asi kam raus und setzte sich auf die Wiese, um sich dort fertig zu rasieren.

Wir machten uns schnell auf den Weg, weil jeden Moment die Polizei kommen musste. Wir gingen durch die Unterführung und dann in Richtung Südstadt. Dann stiegen wir in die Straßenbahn zur Reuterstraße.

Unterwegs fragte Himmi Mädchen: »Sag mal, willst du wirklich zu Ulrich essen gehen?«

Mädchen sagte: »Ja.«

»Wir könnten ja auch auf dem Münsterplatz beim Torwandschießen für Kinder mitmachen«, sagte Himmi.

»Fußball kann ich nicht«, meinte Mädchen.

Himmi sagte erst nichts, dann aber: »Okay. Dann gehen wir mit.«

Ich merkte, dass Himmi eigentlich nicht zu meinen Eltern wollte. Mich wunderte, dass er nicht einfach sagte, dass er nicht mitkommen würde. Es lag an Mädchen. Er wollte sie nicht alleinlassen.

Himmi konnte sich eigentlich immer allem entziehen, das war seine Spezialität. Er suchte auch nicht nach Entschuldigungen – er ging einfach. Oder er sagte Sachen wie: »Ich muss weggehen.« Und dann ging er weg. Brigitte erzählte, dass ihm das sehr unangenehm war, auch wenn es sich nicht so anhörte. Aber er konnte nicht begründen, warum er nicht mitmachte, es war zu persönlich. Er hatte auch oft keinen richtigen Grund und eine Nachfrage, ob er nicht doch mitmachen könnte, hielt er nicht aus. Es war für ihn immer schwierig, wenn er nicht einfach so dabei sein konnte und immer ohne jeden Grund gehen durfte.

Bei anderen Sachen aber war er sehr beharrlich. Er blieb bei bestimmten Dingen bis zum Schluss dabei. Wenn er über Philosophie erzählte und es fiel ihm eine Sache nicht ein, dann ging er einfach raus und verschwand. Er saß dann in seinem Zimmer, blätterte seine grünen Philosophiebücher durch und vergaß alle anderen – komplett. Sie waren ihm nicht egal, aber es fehlte ihm ein Stück von dem, was er ihnen sagen wollte. Er wollte, dass die anderen ihn genau verstanden. Wenn er seinen Zuhörern endlich alles erklärt hatte und sie vom Mitdenken ganz rot im Gesicht waren, dann sah er sie an, legte seinen Kopf zurück, beobachtete ihre Gesichter und atmete erleichtert aus, wenn er annahm, dass sie ihn verstanden hatten. Dann war er für wenige Minuten ganz entspannt.

Er konnte auch ganz merkwürdige Aktionen bis zum Ende durchhalten. Er brachte solche Sachen, wie dass er mit dem Fahrrad über die A 59 bis zum Flughafen fuhr, weil es die kürzeste Strecke war. Damals hatte er schon andauernd Streit mit Heike. Sie flog alleine in Urlaub. Himmi sollte eigentlich mitfahren, aber wie immer zog er sich raus und blieb zu Hause. Er hatte nicht rechtzeitig Urlaub beantragt und es sozusagen drauf ankommen lassen. Und so flog Heike allein nach Kreta. Und Himmi fiel nachts ein, dass sie in drei Stunden abflog, nämlich um halb fünf, und weil er einen Anfall von Reue und Sehnsucht hatte, rannte er in den Keller und holte das Fahrrad raus, mit dem er seit Jahren nicht gefahren war und das halb platt war, und fuhr über die Adenauer-Brücke und über die A 59 bis zum Flughafen Köln-Bonn. Als er ankam, war er schweißgebadet, total nervös und am schlottern. Er war mindestens hundertmal angehupt und aus dem Autofenster angebrüllt worden. Als Heike ihn sah, mit seinem Fahrrad, musste sie natürlich sofort wieder heulen. Sie hockten bis kurz vor dem Abflug auf dem Bordstein vor der Flughafenhalle. Heike sagte andauernd »Warum machst du das mit mir?« und heulte sofort wieder. Himmi saß daneben und konnte nichts sagen außer »Ich wollte dabei sein, wenn du abfliegst« und »Hast du eine Reiseversicherung abgeschlossen?« Aber was Normales brachte er nicht heraus. Er saß nur stumm und bebend neben Heike, die redete. Zum Schluss, als sie reingehen musste, sagte er dann doch was. Heike und er hatten schon mindestens eine halbe Stunde draußen auf der Straße gesessen, und es war ziemlich kalt, es war ja noch Februar, da sagte er: »Wir können ja zusammen bis zur Kontrolle gehen. Ich will nicht, dass du dich erkältest. Ich würde jede Krankheit kriegen, damit du keine kriegst.« Aber Heike sagte: »Aber das will ich doch nicht, Himmi! Du sollst keine Krankheit für mich kriegen.« Da sagte Himmi: »Ich könnte ja nachkommen. Morgen. Ich geh einfach nicht mehr zur Mensa. Ich kündige einfach und komme nach. Ich finde schon wieder was.« Aber Heike brach nur wieder in Tränen aus: »Aber ich will nicht, dass du deine Arbeit aufgibst für den Urlaub. Du kannst nicht einfach verschwinden. Was willst du denn dann machen? Himmi, so kann ich das nicht, versteh mich doch! Bitte. Bitte versteh das doch!«

Vielleicht meine ich ja das: Himmi konnte Sachen, die er alleine machte, sehr gut. Aber er konnte nur schwer mit anderen Menschen etwas zusammen machen. Auch wenn er sie gut fand. Er versuchte immer, ganz früh aus so einer Lage zu entkommen. Oder er ließ alles stehen und liegen und brachte so komische Sachen wie die mit der Fahrt zum Flughafen. Gegenüber anderen Menschen hatte er irgendwie keine Chance. Und weil Mädchen so direkt »Fußball kann ich nicht!« gesagt hatte, deshalb ging er jetzt mit zu meinen Eltern.

Meine Eltern hatten erst vor Kurzem ihr Haus gekauft, in der Moselstraße. Es liegt in einer kleinen Siedlung im Süden von Bonn. Es sind viele Reihenhäuser und schmale Sträßchen dazwischen, aber es fehlt eine Kirche oder etwas in der Mitte. Eigentlich komisch, dass hinter der Reuterbrücke noch so was kommt und nicht sofort ein Dorf wie Dottendorf oder Friesdorf. Es ist ein Viertel, das man nicht mitbekommt. Brigitte hat es das Un-Viertel genannt. Sie musste oft durchfahren mit dem Fahrrad, wenn sie zum Blumenstand nach Godesberg fuhr.

Meine Eltern hatten jetzt einen eigenen Garten. Das war der große Spaß, ganz besonders für meinen Vater. Er konnte stundenlang darin sitzen und den kurz geschnittenen Rasen betrachten. Das mochte er sehr. Er mochte geordnete Sachen. Nun konnte er sie sogar draußen haben. Es kam keiner dazwischen, es war ruhig und man konnte sich ganz auf diesen Rasen konzentrieren. Mein Vater saß stundenlang in einem kleinen Klappstuhl. Er trug meistens seine Shorts, ein Polo-Hemd sowie blau-weiß-gestreifte Kunststoff-Badelatschen und sah sich diese kleine Grünfläche an. Manchmal ließ er sich in dem winzigen Klappstuhl noch etwas tiefer sacken, damit der Rasen mit seinen unendlich vielen Halmen noch intensiver auf ihn wirkte. Er war dann sozusagen unendlich. Ich mochte meinen Vater sehr dafür. Abends kam er dann wieder rein und es war ihm komplett egal, was im Fernsehen kam. Er sah sich alles an, egal was. Er war sehr ausgeglichen nach seinem Aufenthalt hinter dem Haus.

Empfangen wurden wir von meiner Mutter. Sie trug ihre hellblauen Stoffhosen, ihre weißen Lederschuhe mit den goldenen Schnallen und über ihrer Bluse eines ihrer großen Tücher mit Paisley-Muster. Sie liebt Paisley. Sie sagte mal: »Es ist sehr verspielt und zugleich gesetzt.« Zu uns sagte sie nun: »Hängt eure Jacken bitte hinter der Tür auf. Die Taschen stellt bitte unter der Garderobe ab.« Sie bückte sich runter zu Mädchen: »Hallo! Wer bist du denn?«

»Ein Kumpel von Himmi«, antwortete Mädchen.

Ich sagte: »Also ... das ist Mädchen. Sie heißt so. Und das ist Himmi.«

Meine Mutter drehte sich zu Himmi um und sagte: »Schönen guten Tag.«

Himmi nickte und sagte: »Angenehm.«


Der große Buchentisch im Wohnzimmer war fürs Essen gedeckt. Es gab Eier mit Senfsoße und Kartoffeln. Ein ziemlich gutes Gericht, dass es immer freitags gab.

Mein Vater war in seinem Freizeitanzug aus seinem Sessel aufgestanden und hatte sich genau in dem Moment an den Tisch gesetzt, als alles von meiner Mutter aufgetischt worden war. Er fragte anstandshalber: »Kann ich noch was holen?«, aber keiner antwortete und meine Mutter setzte die letzte dampfende Schüssel auf die letzte freie Korkunterlage. Perfekt.

Mein Vater schob sich mit seinem Stuhl ganz dicht an den Tisch. Er drehte die Löffel in der Kartoffelschüssel in die Richtung von Himmi und fragte: »Herr Himmi, woher stammt der Name?« Er wollte weltgewandt wirken und höflich sein.

Himmi verstand das nicht sofort, auch weil er sehr angespannt war. Deshalb sagte ich: »Das ist sein Vorname. Alle nennen ihn so.«

Mein Vater sah wieder zu Himmi: »Und der Nachname?«

Himmi leckte sich die Lippen feucht: »Der ist auch Himmi. Das kommt von Himmen.«

Mein Vater sah von einem von uns zum anderen. »Also ist es doch Ihr Nachname ...«

Himmi war schon ultranervös und ich sah, dass er schwitzte. »Beides«, sagte er. Er hatte gar nicht flapsig sein wollen, nur korrekt, aber jetzt hörte es sich wie eine alberne Antwort an.

Mein Vater drückte mit der Gabel auf einer Kartoffel herum, die nicht lange genug gekocht worden war. Alle schwiegen und sahen ihm zu.

Meine Mutter sagte endlich: »Also, dann nennen wir Sie einfach Himmi. Himmi, wir haben an Freitagen selten Fleisch auf der Speisekarte. Deshalb gibt es heute etwas Schlichtes zu Mittag.«

»Das ist gar kein Problem«, sagte Himmi. »Es ist schon sehr freundlich, dass Sie mich eingeladen haben.«

Wir ließen die Schüsseln rumgehen.

Dann sagte meine Mutter: »Wohnen Sie beide in Bonn?« Sie meinte Himmi und Mädchen.

Mädchen sagte: »Ja klar, aber jetzt nicht mehr.«

»Und wo?«

Mädchen sagte: »Wir haben mal in der Johanniterstraße gewohnt.«

Das war im Regierungsviertel. Eine vornehme Gegend, die
absolut tot war und wo man nicht einmal ein Bier kaufen
konnte, aber sie war filmreif sauber und still. Man muss
samstagnachmittags einmal durch die Gronau fahren, wo die
Johanniterstraße liegt. Es gibt kaum Menschen auf den Straßen und schon gar keine, die Fahrrad fahren. Man denkt, die
Bewohner werden durch unterirdische Schächte mit Lebens-
mitteln versorgt, damit keiner mitbekommt, welche Marken
sie essen.

»In der Gronau!«, sagte meine Mutter anerkennend.

Mein Vater meinte: »Gute Gegend.«

Meine Mutter sagte: »Was macht denn dein Vater?«

Mädchen sagte: »Der ist Jurist. Genau wie meine Mutter. Wir
sind nach Berlin gezogen.«

Mein Vater nickte zustimmend, als ob er das sehr gut fände.
Aber dann sagte er nichts. Er war Bonn-Patriot und der Um-
zug vom Bundestag nach Berlin hatte ihn richtig erschüttert.
Meine Mutter sagte einmal: »Was wollen die bloß in Berlin!
Da kann doch keiner in Ruhe arbeiten.« Ich fand merkwürdig, was sie sagte, aber ich weiß bis heute nicht, ob es Unsinn
oder eigentlich ganz gut war.

Jetzt sagte Himmi etwas: »Darf ich Ihre Toilette aufsuchen?«

»Aber sicher«, sagte meine Mutter. Sie stand auf, obwohl das
total überflüssig war, und zeigte mit der Hand zum Flur. »Die
erste Tür links, bitte.«

Himmi ging zum Klo. Ich hatte schon längst bemerkt, dass er
ziemlich nervös war. Er zitterte ungeheuer. Er schwitzte so
stark, dass sein braunes Hemd vorne auf der Brust große

dunkle Flecken hatte. Das hatten meine Eltern natürlich gesehen.

Meine Mutter nahm Messer und Gabel und aß weiter, und zwar ohne zu reden und so aufrecht, dass wir merkten, dass wir auch weiteressen sollten. Dann fragte mich meine Mutter: »Was macht das Studium, Ulrich?«

Das war die heikle Frage. Ich hatte keinen Schein in diesem Semester gemacht, weil ich so viel mit Himmi und anderen Leuten unterwegs gewesen war. Ich hatte zwar noch etwas Extra-Geld von dem Job, den ich nach dem Abi gemacht und bei dem ich 14 Mark Stundenlohn verdient hatte. Aber das reichte nicht und meine Eltern gaben mir jeden Monat 400 Mark dazu. Die große Frage für sie war, ob ich alleine wohnen sollte.

Klar, ich war 19 und volljährig, aber in derselben Stadt eine eigene Wohnung brauchte ich ja eigentlich nicht. Ich hätte auch locker in meinem alten Zimmer zu Hause wohnen können. So dachten sie. Sie reden manchmal immer noch davon. Aber zu der Zeit wohnte ich alleine in Friesdorf. Es war schon mein zweites Zimmer innerhalb von einem Jahr. Zuerst habe ich in der Altstadt gewohnt, in der Bornheimer Straße, in einem Haus gegenüber der Bornheimer Polizeiwache. Meine Eltern hatten es einmal bei einem Überraschungsbesuch inspiziert. Es war ein enorm billiges Zimmer für nur 320 Mark – warm. Dafür gab es jede Menge Kakerlaken, weil die Brauerei nebenan war. Der Keller war so voll mit Kakerlaken, dass sich manche Mieter nicht mehr runtertrauten, um ihren Müll in die Tonnen zu stopfen. Sie machten nur schnell die Kellertür auf und ließen ihre Mülltüten die Treppe runterrollen. Das machte natürlich die Müllabfuhr irgendwann nicht mehr mit. Sie holten den Müll einfach nicht mehr ab. Es stank unglaublich, es gab ein Riesengeschrei mit dem Vermieter und die Leute fuhren auf dem Fahrrad mit ihren Müllbeuteln in der Gegend herum und guckten, wo sie sie unbeobachtet loswerden konnten. Deshalb waren die Papierkörbe am Stadthaus und in der Altstadt eine Zeit lang meistens verstopft.

Ich freute mich darüber, alleine zu wohnen. Es war meine eigene Wohnung und ich konnte rund um die Uhr machen, was ich gut fand. Ich konnte mitten in der Nacht heimkommen und mit Himmi auf der Treppe im Hausflur sitzen. Es interessierte keinen. Himmi saß nachts unheimlich gerne auf der Treppe. Auf den Stufen im Treppenhaus kam von draußen nur ein blasses Licht herein und mit einem Bier war es fast gemütlich. Himmi sagte einmal in so einer Nacht zu mir: »Hier ist es so angenehm, weil man nicht drinnen und nicht draußen ist. Es ist ein Zustand, den noch keiner mit Namen verschandelt hat.« Genau verstanden hab ich das nicht. Es fällt mir aber manchmal ein.

Ich versuchte jetzt, meiner Mutter eine ausreichende Antwort zu geben. Irgendwie hatte sie mich immer noch im Griff, obwohl ich offiziell schon erwachsen war. Ich sagte: »Ganz gut. Ich mache gerade den letzten Schein für dieses Semester.«

»Welchen?«

»Wirtschaftsgeschichte.« Ich sagte das, weil Wirtschaft darin vorkam und es sich nach etwas Handfestem anhörte. Ich hatte tatsächlich ein Seminar mit dem Thema belegt, aber ich war nicht ein einziges Mal da gewesen.

»Wann bekommst du den Schein?«

»Im kommenden Monat.«

»Dann ist Juli«, sagte meine Mutter.

Ich erwiderte: »Das ist noch früh. Es gibt Scheine, die kriegt man erst ein halbes Jahr später.«

»Später als was?«

Da wurde unser Gespräch beendet, weil Himmi wieder vom Klo kam. Er hatte immer noch Schwitzflecken auf dem Hemd, aber er sah etwas frischer aus.

Als er im Bad gewesen war, hatten wir die ganze Zeit mithören können, wie das Wasser lief und wie er beim Sich-Abkühlen prustete. Jetzt setzte er sich wieder an den Tisch und versuchte, eine gelassene und freundliche Miene aufzusetzen. Er nahm Messer und Gabel und zitterte damit weiter auf seinem Teller herum. Er bekam ein viertel Senfei nicht auf die Gabel: Er piekte drei Mal rein, aber beim Hochheben fiel es jedes Mal runter. Ich sah wie er versuchte, nicht so fest reinzustechen, und wie sein Gesicht immer härter wurde. Er wollte nicht auffallen, aber er wusste, dass er gerade ziemlich auffiel und dass wir anderen alles mitkriegten. Dann ließ er das Ei liegen und machte mit einer halben Tomate in seinem Salatschälchen weiter. Er zitterte ziemlich.

Da sagte Mädchen: »Onkel Himmi, darf ich das Ei haben?« Himmi sah unter sich und nickte. Mädchen nahm das Ei auf ihren Teller.

Kurz danach sagte sie: »Bekomme ich bitte auch die Tomate?«

Himmi sah sie verstohlen an und sagte wieder nichts. Mädchen piekte schnell in die Tomate und stopfte sie in ihren Mund. Es war eine halbe Tomate und zu groß, um sie auf einmal zu essen. Deshalb schob sie mit der umgedrehten Gabel nach und sagte: »Tomaten haben Kalium.« Da sah ich, dass Himmi sie irgendwie dankbar ansah. Nur einen kurzen Moment lang. Sie erlöste ihn gerade vom Essen, und er hatte das verstanden. Er wusste natürlich auch, dass wir anderen das Spiel durchschauten, aber wichtiger war in diesem Moment, dass er nicht mehr weiteressen musste. Himmi wartete und Mädchen sagte: »Ich brauche dazu noch zwei Kartoffeln.« Und sie nahm seinen Teller und schob zwei Kartoffeln in Senfsoße auf ihren Teller, der jetzt wieder so voll war wie zu Anfang.

Meine Eltern verfolgten regungslos, wie Tomate, Ei und Kartoffeln den Teller wechselten. Dann rekelten sie sich etwas, meine Mutter atmete tief, und dann aßen sie weiter. Ich sah nur, dass meine Mutter ebenfalls mit ihrem Messer wackelte, und zwar ein ganz wenig in einem ganz schnellen Takt. Man sah es kaum. Es war, als ob wir ein kleines Erdbeben hätten und sie selbst gar nichts dafür könnte, dass das Messer wackelte. Aber es wackelte andauernd.

Mein Vater richtete sich auf. Es war ihm ein Thema eingefallen, über das wir reden konnten: »Herr Himmi, wenn ich so sagen darf ... ist Ihre Frau verhindert? Wir hätten auch sie gerne begrüßt.«

Ich hatte meiner Mutter vor einiger Zeit erzählt, dass Himmi verheiratet sei. Ich dachte, das macht einen besseren Eindruck, falls sie ihm mal begegnen würden. Jetzt brachte es Himmi aber in eine schwierige Lage.

Mein Vater fuhr fort: »Ulrich hat berichtet, dass sie beide hier aus dem mittleren Rheinland stammen und gerne Schiffstouren unternehmen.«

Was das jetzt sollte, weiß ich nicht, aber es waren auch Sachen, die ich blöderweise gesagt hatte, weil meine Eltern solche Rheinland-Narren waren.

Aber Himmi sagte komischerweise nicht, dass er gar keine Frau hatte und dass Heike von anderswo kam, sondern: »Ja, wir leben beide in Bonn.« Er machte eine Pause. »Meine Frau lebt auch in Bonn. Das heißt, auch in der Nordstadt.« Ihm fiel gar nicht auf, dass es komisch war, dass er nicht mit seiner Frau zusammenwohnte.

Mein Vater fragte etwas verlegen: »Hier kann man ja zusammen jede Menge unternehmen.«

»Ja«, sagte Himmi. »Wir sind immer gerne spazierengegangen. Am Rhein meistens.« Er zitterte wieder heftig, aber jetzt erzählte er auf einmal weiter, irgendwie wie ein Automat. Er redet leise, aber so konzentriert, dass wir ganz still zuhörten. Nach jedem Satz machte er eine unheimlich lange Pause, als ob er wieder Kraft sammeln müsste. Er sagte: »Wir sind gerne vom Schaumburger Hof bis zum Bundestag gegangen. Wir haben uns immer zweimal hingesetzt zwischendurch. Wir haben stets zwei Äpfel und ein Ei für mich und einen Körnerriegel für meine Frau mitgenommen. Es war wie ein kleines Picknick. Sie hat oft ihre Caprihose getragen bei diesen Spaziergängen. Und manchmal hatte sie ihr Fahrrad dabei. Daran sind zwei Fahrradkörbe, einer vorne und einer hinten. Wir haben die Äpfel zusammen geschält. Ich habe das Taschenmesser aufgeklappt, und sie hat die Äpfel geschält und in eine große Anzahl Scheiben geschnitten. Es waren schließlich mehr als zwanzig. Wir haben uns unterhalten, wie gut diese dünnen Apfelscheiben mit Zimt schmecken würden. Und mit etwas Vanillezucker. Und dass wir die Hälfte der Scheibchen bei unserer nächsten Rast essen könnten. Und dass es wundervoll ist, am Rhein leben zu dürfen, weil es hier so viel Licht gibt. Und sie hat eine Serviette ausgepackt und auf die Bank neben sich gelegt. Es waren Hasen mit Möhren darauf abgebildet. Darauf legte sie das kleine Taschenmesser. Sie sagte, dass nur eine Sache jetzt fehlen würde, nämlich ein Päckchen Smarties. Das sind bunte Schokolinsen. Es ist ihre Lieblingssüßigkeit. Und dann sagte sie etwas, das sie öfter betonte, dass eine weitere Sache fehlen würde, nämlich ganz viele 50-Pfennig-Stückchen. Die braucht man, wenn man einen Ausflug macht, um aufs Klo zu gehen. Wir haben alle Sachen dann zusammen eingepackt und ich habe das halbe Ei für die nächste Rast, die wir ja schon in einer Viertelstunde machen würden, auf die zusammengefaltete Serviette in die Plastikbox gelegt, neben die Apfelscheibchen. Und dann haben wir zusammen mit den Händen den Deckel von der Frischhaltebox hochgeklappt und umgebogen und die Box selbst festgehalten und dann den Deckel so heruntergeklappt, dass die meiste Luft aus der Box draußenblieb und alles frisch blieb bis zur nächsten Rast.«

Himmi saß ganz starr da und ließ nur seine Augen auf dem Tisch hin und her wandern. Dann wich leise der viele aufgestaute Atem aus ihm. Sein Gesicht glühte.

Mein Vater sah nach unten und nickte höflich. Meine Mutter sah Himmi komischerweise direkt an und war anscheinend am überlegen, was sie jetzt tun sollte. Aber irgendwie wirkte sie sehr gefasst.

Mädchen war ganz klar und frisch und meinte: »Können wir jetzt gehen?«

Meine Mutter sagte nur: »Wenn du willst.«

Wir waren uns zuerst nicht einig, ob wir sofort gehen könnten, das merkte ich.

Aber nach einem Moment sagte Mädchen noch einmal: »Tja, dann müssen wir mal gehen.«

Mein Vater stand zögernd auf und dann standen wir alle auf. Wir gingen zur Garderobe.

Eins bemerkte ich noch, bevor wir draußen waren: Himmi gab nur meiner Mutter die Hand und sie sahen sich sehr genau dabei an. Himmi atmete zwischen den Worten stark ein und aus und sagte: »Ich hoffe, wir haben Ihnen keine Umstände bereitet.«

Meine Mutter sagte leise aber sehr genau: »Keineswegs.«

Dann gingen wir raus. Und dann gingen wir nach Hause. Ich ging zu mir und Himmi und Mädchen gingen zu Himmi.

Abends sah ich sie beide wieder im Happy. Mädchen saß an einem Tisch, hatte ein Comic vor sich liegen und las darin. Neben ihr saß ein Pärchen, dass sich andauernd Zungenküsse gab: ein Mann in Lederjacke mit einem Mailänder Schnauzbart und eine Frau, die schon total besoffen war. Sie war schon ziemlich bedient und wollte gar nicht andauernd geküsst werden. Sie lachte immer wieder, aber es war irgendwie unecht, als ob sie sich selbst dadurch einen Schubs geben würde. Mädchen sagte nichts und sah ganz fest auf ihr Buch.

Himmi saß an der Theke. Ich holte mir einen Hocker und setzte mich schräg hinter ihn, weil neben ihm nichts frei war. Er gab mir mein Bier weiter, als Horst es auf die Theke gestellt hatte. Wir redeten wenig, und das war ganz angenehm. Es lief gerade »Reconsider me« von Warren Zevon. An der Theke saß noch einer, der das Stück kannte und gut fand. Er hatte seinen Kopf auf den Ellenbogen gestützt und schaukelte im Takt mit. Und auch Horst klapperte mit seinen Birkenstocklatschen den Takt. Ich sah gegenüber den stillen Mann, der wieder über irgendwas nachdachte. Vor ihm lagen wie immer sein Feuerzeug, seine Zigarettenschachtel und sein Autoschlüssel ordentlich in einer Reihe. Als er mich sah, grüßte er mich mit den Fingern der einen Hand, die auf der Theke lag, und lächelte. Ich lächelte zurück.

Als Mädchen an die Theke kam, sagte auch sie nichts. Sie nahm die Hand von Himmi, der erst erschrocken nach hinten sah, aber dann hielt sie sie fest, während er weiter sein Bier austrank und mit Heinz-Peter Schlaudt Telefonnummern austauschte, weil Heinz-Peter Schlaudt einen Job als Pförtner in einem Altenheim hatte und sagte, dass es bei ihnen Jobs gab und Himmi mal anrufen sollte.

Heinz-Peter Schlaudt hatte Kehlkopfkrebs. Er hatte ein Loch im Hals mit einem Plastikröhrchen, durch das holte er immer Luft und hustete den Schleim ab. Ich konnte nicht lange hinsehen, ohne dass ich einen Ekel kriegte, aber er kam damit zurecht. Vor ein paar Monaten hatte er sich im Happy End eine Zigarette in die Kanüle gesteckt und den Rauch eingeatmet und dann wieder ausgeatmet, und zwar in Richtung von Hilde, seiner Freundin, die er damals dabei hatte. Er sagte mit seinem scheppernden Stimmchen: »Abfahrt. Alles einsteigen!« Sie bekam voll den Ekel und drehte sich weg, auch weil es ihr wegen der anderen Leute peinlich war. Der Einzige, der sich noch den ganzen Abend darüber amüsiert hatte, war Püppi. Er imitierte die Nummer von Heinz-Peter noch sehr viel später und zeigte irgendwelchen Leuten, wie der Qualm aus dem Hals geblasen kam. Er sagte andauernd: »Und? Geht auch. Kein Problem! Der Mensch passt sich an.« Und dabei klimperte er die ganze Zeit mit den Markstücken in der Hand, die er zwischendurch in den Rotamint Spielautomaten warf.

## Kapitel 8

# Erkenntnistheorie

Am nächsten Tag gingen wir alle in die Uni. Himmi musste morgens erst zur Versicherung, weil man ihm geschrieben hatte, dass sie ihn nicht mehr als Student anerkennen wollten. Danach rief er bei mir an, ich fuhr mit der Straßenbahn zu ihm und wir frühstückten zusammen. Mädchen hatte schon vor uns angefangen, das halbe Toastbrot getoastet und die Scheiben alle auf dem Tisch gestapelt. Für jeden fünf. Wir trugen den Campingtisch, den Himmi als Küchentisch benutzte, in sein Zimmer und deckten ihn mit Tellern, Tassen und dem Siebengebirgsbecher von Himmi, auf dem man alle Berge sehen konnte. Zum Beispiel die Löwenburg, den Ölberg und den Drachenfels und jeweils wie viel Meter hoch sie sind. Den Siebengebirgsbecher bekam Mädchen, Himmi und ich tranken aus zwei kleinen Tassen mit Röschen drauf, die Himmi noch von seinen Eltern hatte.

Wir überlegten danach zusammen, was wir heute machen sollten. Himmi musste abends zur Mensa Nassestraße arbeiten gehen. Das war im Moment sein Job. Ich musste eigentlich schon seit einer Stunde in einer Übung im Institut für Landeskunde sitzen. Mädchen musste anscheinend gar nichts machen.

»Hast du eigentlich Ferien?«, fragte ich.

Sie sagte: »Ja.«

»Was für Ferien sind das denn jetzt?«

»Osterferien«, sagte Himmi.

»Aber Ostern war doch schon vor vier Wochen.«

»Wir haben aber dieses Jahr so lange Ferien, weil wir in diesem Bundesland sind!«, sagte Mädchen laut.

Ich sagte dazu nichts mehr, aber irgendetwas fand ich merkwürdig, weil sie beide auf einmal geantwortet hatten.

Himmi strich sich ein fettes Nutellabrot und steckte das Messer dann wieder ins Glas. Das war so eine Angewohnheit von ihm. »Um zwölf geh ich in die Uni. Wenn Ihr nichts anderes machen wollt, dann könnt ihr ja mitgehen.«

Ich fragte: »Was hast du denn für ein Seminar?«

»Ich hör mir noch mal Erkenntnistheorie an.«

»Die läuft doch schon zum dritten Mal«, sagte ich, weil Himmi mir das vor ein paar Wochen selbst erzählt hatte.

»Ich hör noch mal rein«, sagte Himmi etwas genervt.

Mädchen sagte: »Ich würde auch gern mal in die Uni gehn. Bei uns gegenüber wohnt auch ein Student. Papa sagt immer Schnorrer zu dem und dass er stinkt vor Faulheit.«

Himmi atmete tief durch: Schenk deinem Vater ein Buch von René Char. Weißt du was der sagt? Die Taten des Dichters sind nur Konsequenz aus den Rätseln der Poesie. Sag ihm das.« Aber Mädchen hörte gar nicht richtig zu und antwortete trotzig: »Nein!«


Gegen Mittag gingen wir zur Uni.Auf dem Weg zum Hofgarten fing es ziemlich an zu regnen. Wir stellten uns bei der Haltestelle an der Poppelsdorfer Allee unter, aber weil es schon so spät war, liefen wir dann einfach doch durch den Regen und rannten über den Busbahnhof hoch zum Martinsplatz und dann in die Uni.

Direkt im Haupteingang trafen wir Püppi. Er stand da und wollte warten, bis der Regen vorbei war. Er hatte einen Anorak an, der total nass war, und die Möchtegern-Tolle, die er sonst hatte, hing ziemlich platt vorne runter. Als er so vor uns stand fand ich, dass er gar nicht mehr so fett aussah. Er kam gerade von seiner neuen Arbeit, eine ziemlich beknackte Arbeit: Er musste morgens, mittags und abends zwei Pfähle, die die Fußgängerzone für die Autos absperren, hoch- und runterklappen. Dafür hatte er einen speziellen Schlüssel. Jetzt hatte er gerade den Pfahl am C&A runtergeklappt, damit die Lastwagen wieder rausfahren konnten. Sonst machte er nichts. Er war zu seinem anderen Job nicht mehr hingegangen, auch wenn er so groß geredet hatte im Happy. Er machte jetzt nur noch das.

Ich sagte: »In der Cafeteria kannst du dir einen Kaffee holen. Die kontrollieren nicht, ob du Student bist.«

»Das ist nicht mein Ding«, sagte Püppi. Er versuchte, sich eine Zigarette anzuzünden, aber sein Feuerzeug ging nicht an. »Die Typen da drin sind nicht mein Ding«, sagte er noch mal.

Mädchen meinte: »Ich bin auch zum ersten Mal in der Uni.«

Püppi sagte: »Ja und?«

»Ja und? Das ist keine Antwort! Wenn ich mitgehe, kannst du aber auch mitgehen.«

Püppi sah Mädchen kurz an. »Und du studierst auch was, wie?«

Mädchen sagte: »Nein, ich bin hier ein Gast.«

Dazu sagte keiner was.

Himmi sah auf Mädchen runter, dann zu Püppi und sagte: »Hier darf jeder rein. Sogar ich.«

Ich weiß nicht, was Himmi damit sagen wollte, aber Püppi ging mit. Das war ziemlich gut an der Bonner Uni. Überall hingen Leute rum, die garantiert nicht hierher gehörten. Arbeitslose, Rentner, Alkis, Schnorrer ... Leute, die im LKH wohnten und früher mal studiert hatten. Man war ziemlich tolerant hier. Eine gute Universität.

Wir gingen in den Hörsaal 10. Himmi sagte allen noch einmal, dass es Erkenntnistheorie gab. Wir setzten uns ziemlich weit unten hin, um gut zu hören. Hinter uns waren bestimmt noch hundert Plätze leer. Ein paar Grüppchen saßen schon da, aber es waren nicht viele. Dann setzten sich immer mehr Leute um uns herum, klappten ihre Sitze runter und packten ihre Notizblöcke aus. Vor uns lag auf jedem Tisch ein Skript, in dem genau drin stand, worüber der Professor sprechen würde. Man konnte damit eigentlich die ganze Zeit mitlesen.

Püppi guckte andauernd nervös um sich und nickte mit dem Kopf nach vorne und zurück, als ob er andauernd Ja, aha, so so, sieh mal an denken würde. Eine ziemlich hübsche Studentin hatte sich neben ihn gesetzt. Sie hatte eine weiße Bluse an und trug eine Pagenfrisur mit ganz glatten Haaren, die sehr schön rot und golden glänzten. Sie hatte eine zarte Nase und legte einen Füllhalter sowie einen dicken teuren Kugelschreiber auf ihren Schreibblock. Sie sah ab und zu Püppi an, weil er hier nicht so recht hinpasste. Püppi war ziemlich nervös und sah andauernd in die andere Richtung, also zu uns, weil er sich unbehaglich fühlte. Dann drehte er sich zu der Studentin um, hielt ihr seine West light hin und sagte vorsichtig: »Auch eine?« Die Studentin schüttelte den Kopf, irgendwie nur ganz wenig und sagte: »Nein, danke.« Püppi nickte und machte nur sich eine an.

Der Professor kam rein. Er war klein und wendig, ging ganz schnell und geradlinig zu seinem Pult. Er bog das Mikrofon zu sich herunter und begann zu erzählen. Er guckte gar nicht hoch zu uns, um zu sehen, ob überhaupt einer da war und wieviele oder so, nein, er fing einfach an: »In der vergangenen

Woche haben wir gesehen, wie Nicolai Hartmann die Erscheinungswelt deutet, die vor aller Erkenntnis vorhanden ist. Wir haben die Abgrenzung Hartmanns von der subjektivistischen Schule verfolgt und zugleich seine Abgrenzung vom Sein als Sein, das uns einsichtig ist.« Genauso stand es im Skript. Der Professor sagte, dass wir uns heute mit Edmund Husserl beschäftigen mussten. Er war mit zwei anderen einer der bedeutendsten Philosophen des 20. Jahrhunderts. Himmi hat mir später erzählt, dass Husserl die Dinge noch einmal ganz erkennen wollte, also nicht nur, wie wir sie sehen, sondern auch so, wie sie ohne uns sind.

Mädchen malte mit dem Kuli von Himmi in den Buchstaben von einem Spruch herum, den jemand vorher in das Pult geritzt hatte: Freie Linke. Sie malte die Worte nach und drückte so fest sie konnte auf den Kuli, damit die Buchstaben im Holz ganz blau wurden.

Himmi saß neben ihr und ich sah, dass er schon wieder angespannt war. Er hörte genau zu und ich dachte bei mir, dass er alles verstand. Er saß ganz krumm auf seinem Sitz und beugte sich weit nach vorn, aber seinen Kopf hatte er ganz zurückgebogen. Er sah aus wie ein Vogel, nur der Schnabel fehlte. Er trug sein dickes Cord-Jackett, und weil er sich so stark nach vorne beugte, stand die Jacke ganz weit auf, hinter seinem Hals, und man sah den ziemlich dreckigen Kragen seines Hemdes und den roten Streifen am Hals, wo er immer scheuerte. Zwischendurch drehte er den Kopf zu uns und sah einen von uns an, aber er sah eigentlich niemanden an. Er sah mir ins Gesicht, aber seine roten Augen sahen durch mich hindurch.

Dann veränderte sich sein Blick, und seine Augen sahen mich doch: »Hältst du noch durch?«

Ich sagte: »Mir geht's okay.« Und das stimmte auch. Ich saß immer gern mit Kumpels in einer Reihe herum, egal wo.

Himmi sagte leise: »Hier sitzen noch drei, die im ersten Semester mit mir zusammen waren.«

»Sind die auch schon vierzig?«

»Ungefähr.« Er strich mit dem Handrücken über die Blätter seines Manuskriptes, obwohl die schon ganz glatt waren. »Husserl hat in sich ruhende und unabhängige Notwendigkeiten gesucht. Egal, wer, wie oder was sich auf sie bezieht. Hast du das verstanden?«

»Nein, Himmi.«

»Ist okay. Das ist auch mehr mein Problem.« Er sah wieder auf den Professor. Dann sagte er zu mir: »Liest du ab und zu was?«

»Eigentlich nicht. Ich müsste ja was lesen, wenn ich studiere, aber ich mach's irgendwie nicht.«

Er sagte im Flüsterton: »Es gibt Leute, die gut begründen, man solle es ganz lassen. Es macht langweilig!«

Wir hörten weiter zu und ich überlegte, was Himmi gemeint hatte. Aus seinem Mund war es eine seltsame Bemerkung.

Auf einmal stand Himmi auf. Ich dachte: Was macht der denn bloß? Himmi blieb aufrecht stehen und wartete, bis der Professor seinen Satz zu Ende gesprochen hatte – und das dauerte. Es war ein Satz von mindestens einer ganzen Minute. Dann sagte der Professor: »Ich sehe, es gibt eine Frage ... bitte!«

Himmi fing an. Er sagte nicht mal kurz was oder stellte eine Frage, wie ich erwartet hatte, er holte total weit aus. Ich hatte vorher schon wenig verstanden, aber jetzt verlor ich den Faden völlig. Himmi sagte mehrmals: »Universalität der Evidenz bedeutet völlige Selbstgebung der Sachen!« Während er redete, stand er ganz aufrecht, nur die Arme hingen runter. Er wirkte irgendwie sehr stark.

Der Professor unterbrach ihn auf einmal: »Vorprädikative Evidenz kann ausdrücklich gemacht werden, verehrter Kollege.« Er senkte den Kopf hinter seinem Pult und bewegte ihn zweimal im Kreis, wie bei einer Halswirbel-Gymnastik. »Das Erschaute ist vorprädikativ. Es ist notwendig, selbst gegeben und also vorprädikativ.«

Himmi sagte sofort und laut: »Ich muss das korrigierend ergänzen.« Und er fing wieder an, ein Argument vorzutragen. Am Ende sagte er wieder: »Universalität der Evidenz bedeutet völlige Selbstgebung der Sachen,« Und dann: »Nicht nur gilt: ohne Ich kein Nicht-Ich, sondern ebenso: kein Ich ohne Nicht-Ich!«

Das bestritt der Professor aber. Er sagte mehrmals: »Es ist in dieser Hinsicht das Ich ohne Nicht-Ich zu denken.« Und so weiter.

Das Ganze dauerte ungefähr eine Viertelstunde. Himmi ließ nicht locker. Im Gegenteil. Er war auf einmal ganz ruhig. Er erzählte, was er meinte, und war völlig abgeklärt. Er konzentrierte sich auf den Professor und redete wie ein Wasserfall. Ich dachte schon, dass es gleich Ärger geben würde, wenn Himmi nicht aufhörte, aber es gab keinen.

Der Professor sagte irgendwann ermattet: »Nun gut, danke für diese ausführliche Einlassung.«

Himmi blieb noch eine Zeit lang stehen, setzte sich aber dann endlich. Wir atmeten auf. Püppi rempelte mich an. »Ich hau ab.«

Ich fragte: »Warum?«

»Ich kapier das hier nich. Was soll die Scheiße?«

Ich sagte leise: »Was machst du denn jetzt?«

»Ich geh ins Happy.« Er sagte zu der gepflegten Studentin: »Ich müsste mal hier raus, okay?«

Sie stand auf und er drückte sich an ihr vorbei und hatte dabei seine Zigarette im Mund und drehte sich zu ihr, als er ganz dicht vor sie kam und sagte: »Darf man hier eigentlich rauchen?«, und sie wurde ganz eingenebelt von dem Qualm, den er direkt vor ihrem Gesicht beim Reden abließ. Sie drehte sich weg und schob ihre Hand vor ihr Gesicht und zischte: »Ist ja gut!«

Püppi drehte sich dann noch mal zu uns um und rief: »Ey, kommt ihr heute?«

Und ich rief zusammen mit Mädchen: »Ja, wir kommen.«

Bevor wir uns abends wieder im Happy trafen, musste Himmi noch zur Abendschicht in die Mensa. Er war studentische Hilfskraft. Er stand mit acht anderen im Keller an einem Fließband und wartete, bis die Tabletts von oben durch einen kleinen Aufzug runterkamen. Dann machte er sie sauber. Ein paar waren nur dafür zuständig, die großen Essensreste runterzuschlagen, die anderen bedienten die Spülmaschine, die so groß war wie ein Auto. Die Plastikteller und Tassen fuhren langsam und schön aufgereiht hindurch und kamen ganz heiß und fast trocken hinten wieder raus. Wenn man in den Keller runterstieg, durch die dunklen Gänge ging und dann in die Spülküche kam, war oft alles voller Dampf. Man sah erst allmählich, wer alles da war. Einen nach dem anderen erkannte man an seinem Platz. Es war laut wegen der Maschinen und deshalb konnten die Leute nicht miteinander reden. Einige hatten vor sich auf der Arbeitsfläche eine Pulle Bier stehen. Wenn sie die Hände frei hatten, wischten sie sie an den Schürzen ab und tranken schnell drei oder vier Schlucke.

Eine Aufsicht oder so was gab es nicht in der Abendschicht. Hier arbeiteten eigentlich nur ewige Studenten wie Himmi, deshalb brauchten sie auch keinen, der aufpasste. Es waren zwar alles eher schlappe Typen, aber gerade deshalb waren sie froh, dass sie diesen Job hatten und nicht woandershin mussten, irgendwo arbeiten, wo sie auffielen wegen ihres Alters und weil sie noch keine Ausbildung hatten.

Es war nicht so einfach, in normale Jobs zu kommen. Es gab welche, die woanders als Hausbote angefangen hatten, wie Himmi zwischendurch, oder die als Pförtner oder als Kurier weitergemacht hatten. Ein paar hatten Himmi erzählt, wie es ihnen dort ging. Ralf von der Bank zum Beispiel wurde nach dem Spüler-Job als Pförtner in einer der Landesvertretungen unten am Rhein angestellt. Er war schon 38 und hatte vor Jahren, kurz vor dem Jura-Examen, aus Angst abgebrochen. Er erzählte, dass die Bereichsleiterin von dort ihn andauernd ermahnte, aber nicht mal so nebenbei, sondern immer extrem lange, so lange, bis ihm schlecht wurde, weil er nichts antworten konnte. Sie sagte einmal: »Wie sprechen Sie mit den Gästen, bitteschön? Das heißt nicht ‚Gehnse einfach mit dem Aufzug hoch‘, sondern ‚Nehmen Sie bitte den Aufzug‘. Und dabei lässt sich ganz einfach auch die gewünschte Etage nennen. Kommen wir da zusammen, Herr von der Bank? Sie können die Besucheransprache gerne in dem Ihnen gefälligen Stil fortführen. Sie können sich aber auch ändern. Das liegt allein bei Ihnen!« Solche Predigten musste er sich andauernd anhören. Er hatte auch schon eine Abmahnung gekriegt. Deshalb übte er mit seiner Ex-Freundin, wie man höflich mit den Leuten sprach.

Und daher waren einige sehr froh, unentdeckt in der Mensa arbeiten zu dürfen. Die meisten waren so wie Himmi. Sie lernten immer weiter, ohne richtig zu studieren. Sie gingen zwar nicht mehr zur Vorlesung oder machten irgendwelche Prüfungen, aber sie waren andauernd in der Bibliothek oder hatten Bücher dabei und hockten sich damit in der Arbeitspause auf die Treppe zum Hof und lernten. Das hatte keinen richtigen Zweck, aber aus irgendeinem Grund machten sie damit immer weiter. Christian Höfer lernte zum Beispiel Ketchuan. Das ist eine mexikanische Sprache. Kein Mensch wusste, was er damit mal anfangen wollte, ins Seminar ging er jedenfalls nicht mehr. Aber jeden Abend saß er auf der Treppe und lernte Ketchuan. Christian Höfer hatte nur das Geld von der Mensa zur Verfügung und wohnte deshalb in einem ziemlich kleinen Zimmerchen in Duisdorf. Weil es so eng war, hatte der Vermieter ein Hochbett eingebaut. Oben schlief Christian und unter dem Bett saß er am Tisch, wenn er was aß oder wenn er lernte. Ziemlich merkwürdig war, dass er, weil kein Schrank ins Zimmer passte, lauter Haken von unten in das Hochbett gebohrt hatte, um seine Klamotten aufzuhängen. Deshalb hingen seine Hemden und der Bademantel und sein guter Mantel immer ganz dicht über dem Tisch und er musste sich dazwischensetzen, wenn er was am Tisch machen wollte. Als ich mal bei ihm war, kam ich rein und sah ihn gar nicht – er saß in seinem Klamottenwald. Weil das so aussah und weil es so eng war, hieß seine Bude bei den anderen nur die Dusche.

Christian Höfer hatte eine merkwürdige Angewohnheit: Um das Geld für den Waschsalon zu sparen, ließ er ab und zu seine Klamotten durch die große Spülmaschine der Mensa fahren. Er wartete, bis eine Lage Tassen oder Teller durch war, dann spannte er die Socken, Unterhosen und T-Shirts über die Plastiknoppen. Nach ein paar Minuten kamen sie hinten raus, dampften und waren total heiß. Die Sachen liefen ziemlich ein dabei, aber es war schnell und kostenlos. Christian sammelte alles ein und manchmal schleppte er die schwere nasse Tasche noch mit ins Happy End, bevor er heimging. Wir standen dann alle an der Theke und Christian Höfer stand in einer Pfütze, weil das Wasser aus seiner Tasche lief. Er war ein angenehmer Typ, redete extrem wenig. Er war aber immer freundlich und lächelte meistens etwas, wenn man mit ihm redete. Das war alles.

Wir waren also an diesem Abend wieder alle im Happy, hockten an der Theke und Mädchen und Himmi sprachen über die Vorlesung.

Als Bernie an uns vorbeikam und zum Klo wollte, sagte Himmi: »Ey, Bernie, wart mal.«

Bernie hielt an. Er hatte wieder seinen beigen Blouson an, obwohl es seit nachmittags brütend heiß war. Er hatte die Ärmel hochgekrempelt und man sah sein Rosen-Tattoo auf dem Handrücken.

Himmi sagte: »Du kriegst noch fünf Mark von mir.«

Bernie nahm den Schein und sagte: »Was machste denn mit dem Mädchen?«

»Das ist meine Nichte.«

Bernie sah Himmi an: »Da hat sie ja die richtige Aufsichtsperson dabei.«

Himmi schaute erst mal etwas unsicher zu Horst rüber und dann wieder zu Bernie: »Sie hat Ferien.«

Bernie sagte. »Und du bringst sie mit ins Ferienlager, oder was!«

Himmi bekam auf einmal diesen sturen Blick, den er immer bekam, wenn er gezwungen wurde, stur zu sein. »Sie kriegt keinen Alkohol, Bernie. Das will ich auch nicht!« Bernie sagte nichts, ging weiter, stemmte sich rückwärts mit seinen mindestens 110 Kilo gegen die Klotür, sah zurück zu Himmi und verschwand dann im Klo.

Ich saß neben Mädchen und Mädchen neben Himmi. In Himmis Hosentasche steckte wieder ein Reclamheft von irgendwelchen Philosophen oder Soziologen. Mädchen fragte ihn, was er da drin hatte, und Himmi sagte: »Kant.«

»Was ist das?«

»Ein Mann, der im achtzehnten Jahrhundert gelebt hat.« Das kleine gelbe Reclamheft, das er dabei hatte, hieß »Prolegomena zu einer jeden künftigen Metaphysik« und war schon total verknickt und verbogen. Himmi schnaufte einmal tief, weil er immer noch aufgeregt war wegen der Bemerkung von Bernie. Er nahm das Heftchen raus und zeigte es Mädchen.

Sie öffnete es und blätterte es durch. Sie las darin rum, als ob sie das meiste davon kennen würde. Dann sagte sie: »Warum liest du das?«

»Weil es besser ist, als Romane zu lesen.«

»Und warum liest du das trotzdem?«, fragte Mädchen trotzig.

»Weil Kant ein gewissenhafter Mann war und kein Schaumschläger.«

»Und was ist so gut an ihm?«

Himmi drehte sich zu Mädchen hin: »Was willst du von mir wissen?« Er sah sie zugleich zerstreut und genervt an. Er hatte ein ziemlich erhitztes Gesicht, das ungewöhnlich rot war.

Mädchen sagte: »Erzähl mir doch was über Herrn Kant!«

Himmi nickte, ungefähr fünf Mal, und sah Mädchen mit einem Grinsen an, das sagte, dass er sie trotz der Nerverei ganz gut fand. Er drehte sich nach vorne über die Theke und atmete ein.

Und er erzählte ihr was:

»Kant hat das Ineinander von Außen und Innen festgestellt. Wenn du hier das Bierglas siehst, mit dem Jever-Bild und dem Schaum, was denkst du, wer hat das gemacht? Klar, du denkst, das ist so wie es ist, auch ohne dich. Du hast damit nichts zu tun. Jemand anders hat das Glas gemacht, und das Bier, und jemand anders hat das hierher gestellt. Das ist auch so. Aber trotzdem machst du das Glas Bier, indem du es erblickst. Das ist Kant, Mädchen! Er nannte es die kopernikanische Wende in der Philosophie. In deinem Kopf sind viele kleine Filter, die das, was du siehst, schon bestimmen, bevor du es siehst. Kant nennt das Anschauungen und Kategorien. Dass du alles in einem Raum siehst, also hoch und weit und tief und fern und groß, das kommt aus deinem Kopf. Und dass alles, was passiert, nacheinander passiert, das kommt auch aus deinem Kopf. Auch die Zeit machst du selbst. Siehst du die Kohlensäurebläschen, die hochsteigen? Das passiert nacheinander, weil du es siehst. Und wenn das Glas hier eine Woche stehen bleiben würde, was wäre dann mit dem Bier?«

Mädchen sagte leise: »Es wäre verdunstet.«

»Warum wäre es verdunstet?«

»Weil die Luft es verdunstet.«

»Na ja ... äh ... richtig. Aber dass du denkst, dass etwas passiert, weil etwas anderes daran schuld ist, das passiert in deinem Kopf. Kausalität heißt das. Das ist ein Zusammenhang, den du selber herstellst. Und außerdem gibt es noch viele andere von diesen Apparaten in deinem Kopf, die alles schon bestimmen, bevor du es siehst. Hier oben im Gläserschrank von Horst kannst du es sehen: Alles was er den Leuten hier serviert, muss erst in diese Gläser. Eigentlich sind es alles nur Flüssigkeiten, die er hier verteilt: Bier, Sambuca, Cola, Hennessy, O-Saft oder was auch immer. Aber zuerst müssen sie alle durch bestimmte Gläser hindurch. Alles, ohne Ausnahme, hat sein Glas. Und dadurch weiß jeder, was er vor sich hat. Ein Bier oder einen Sambuca oder was anderes. Und diese Gläser, die hast du beim Betrachten der Welt schon im Kopf. Du bestimmst die Form der Dinge, Mädchen. Das ist Kant!«

Um uns herum hatten mittlerweile noch zwei Männer zugehört. Auch weil Himmi gerade so leidenschaftlich und so genau gesprochen hatte.

Dann kam Püppi noch mal rüber und sagte zu Himmi: »Ich hab auch noch 'ne Frage.« Er wedelte mit dem Vorlesungs-Skript herum. Er hatte es tatsächlich mitgenommen.

Himmi sagte: »Was denn?«

»Wenn ich das auch lernen würde, wie viel kann man mit dem Kram verdienen im Monat?«

Himmi war ziemlich perplex. »Also ... ich glaube, du musst schon richtig gut werden ... Mach lieber was anderes. Ich kriege ja auch keinen Job damit.«

Püppi legte den Kopf nach hinten und sagte: »Aha. Bringt's also nicht. Hat sich halt irgendwie wichtig angehört.«

Anschließend stieg Mädchen von ihrem Hocker, stellte sich hinter Himmi, fasste mit beiden Armen um seinen Bauch, drückte sich an ihn und sagte: »Das hast du mir eben gut erklärt, Onkel Himmi.«

Himmi gab Horst in dem Moment das gewohnte Zeichen.

**Kapitel 9**

# Auf dem Bötchen

Am nächsten Tag fuhren wir mit dem Ausflugsschiff nach Unkel. Himmi zögerte zuerst, als wir uns für diesen Ort entschieden, machte dann aber doch mit. Es war ziemlich gutes Wetter und jede Menge Leute stiegen am Alten Zoll mit uns ein. Das Boot war kein kleiner Ausflugsdampfer, aber es waren so viele Leute da, dass es Gedränge gab. Wir gingen mit den letzten Fahrgästen an Bord.

Himmi hasste Drängeln und lange Warteschlangen. Lieber kam er überall als Letzter rein. Damit war klar, dass wir oben auf den Sonnendecks keinen Platz mehr bekommen würden. Mädchen und ich gingen nachsehen, aber es war alles schon voll. Sogar auf den Bänken auf dem Vorderdeck quetschten sie sich zusammen. Überall Familien mit jede Menge Geschrei und Typen mit riesigen Kameras vor der Brust.

Wir stiegen die Metalltreppe wieder runter und erzählten Himmi, wie es oben aussah.

Er sagte: »Tja.«

Mädchen meinte: »Am besten gehen wir hier runter.« Sie zeigte unter Deck.

Wir stiegen also die Metalltreppe hinunter und gingen in den großen Saal. Es war kein Mensch hier unten. Es war ziemlich heiß und stickig und Licht kam auch nicht besonders viel herein, weil die Scheiben merkwürdig braun getönt waren. Es war irgendwie schummrig. Eingerichtet war der Saal mit ungefähr 20 langen Tischen, an denen jeweils mindestens acht Leute sitzen konnten. Sie waren alle fest im Boden und an der Bordwand verankert. Es roch nach den vielen Aschenbechern auf den Tischen, obwohl sie leer waren. Von unten brummte ganz tief der Schiffsmotor.

Wir gingen zwischen den Tischen durch, bis Mädchen auf eine der Kunstlederbänke hopste und bis zum Fenster durchrutschte. Himmi setzte sich ihr gegenüber und ich neben sie.

Wir sahen raus auf den Rhein, der durch die dunklen Scheiben merkwürdig schmutzig aussah. Wir warteten. Es passierte nichts. Dann legten wir ab und das Schiff bewegte sich auf die Mitte vom Fluss zu.

Mädchen fragte: »Was machen wir jetzt?«

Himmi sagte: »Wir bestellen was.«

Wir warteten also auf einen Kellner.

Mädchen sagte: »Man sieht die Sonne gar nicht richtig.« Sie zog ihren Parka aus und legte ihr Portemonnaie auf den Tisch.

Von ganz hinten kam auf einmal eine Frau mit einem weißen Schürzchen und einem schwarzen Hemd auf uns zu. Sie eierte irgendwie, schwankte bei jedem Schritt auf ein anderes Bein. Sie war schon älter und ziemlich dick. Mir tat fast leid, dass sie so weit bis zu uns gehen musste.

Sie bremste neben unserem Tisch und fragte: »Haben Sie einen Wunsch?«

Himmi sagte: »Zwei Hefeweizen, bitte.«

Daraufhin bestellte Mädchen zwei Fanta auf einmal und ich ein großes Pils.

Wir schauten wieder raus. Wir waren gerade an der Mündung vom Godesbach angelangt, wo mindestens zehn Möwen herumflogen und durcheinander jagten. Von der Fußgängerbrücke warfen ein paar Spaziergänger Brotkrümel in die Luft, was sie ganz verrückt machte. Sie flogen wie in einem Rennen drum herum und tanzten dabei hoch und runter. 10 oder 15 weitere Möwen schwammen auf dem Wasser und ließen sich treiben. Das Komische an diesen Möwen war, dass sie sich rückwärts den Rhein hinunter treiben ließen. Sie schauten sozusagen in Richtung Remagen, trieben aber Richtung Köln.

Mädchen sagte: »Die treiben ja rückwärts.«

Himmi widersprach: »Die treiben vorwärts.«

»Wieso? Die schauen alle nach hinten!«

Himmi meinte: »Die interessiert nicht, was kommt.«

»Und wieso?«, fragte Mädchen.

»Weil es Tiere sind«, antwortete Himmi.

»Und du, interessiert dich auch nicht, was kommt?«

Himmi sagte gedämpft: »Nur begrenzt.«

»Nur begrenzt, nur begrenzt. Wie die Tiere.«

Himmi sah Mädchen mit einem breiten, etwas beleidigten Mund an. »Weißt du überhaupt, was der Unterschied zwischen uns und einem Tier ist?«, fragte er.

»Tiere wohnen draußen«, sagte Mädchen.

Himmi blickte mich müde lächelnd an und sagte zu Mädchen: »Ist Klaus Vigge auch ein Tier?«

»Nein.« Mädchen antwortete immer nur, wenn sie nicht gerade an dem Strohhalm aus ihrer Fanta sog, die inzwischen serviert worden war. Dann ließ sie den Strohhalm los: »Ich weiß es! Tiere ziehen sich keine Kleider an!«

Himmi antwortete gelassen: »Das stimmt nicht. Sie tragen einfach immer nur dieselben.«

Mädchen verschränkte die Arme. Sie sah kurz zu mir rüber, als wollte sie mich was fragen. Dann sagte sie: »Genau wie du.«

Himmi ging der Mund etwas auf, dann machte er ihn wieder zu. Er sah vor sich auf das Glas. Ich glaube, er traute sich in dem Moment nicht, an sich runter zu sehen.

Ich denke, dass ich Himmi in dem Moment zum ersten Mal richtig ansah. Er saß natürlich wieder in der Himmi-Haltung am Tisch. Er hatte einen Arm im rechten Winkel auf den Tisch gelegt, der andere hing schlaganfallmäßig an seiner Seite herunter. Himmi trug tatsächlich ein Hemd, das er schon mehrere Tage nicht gewechselt hatte. Es war ein Hemd, wie Heike es einmal DDR-Freizeit-Hemd genannt hatte. Es war beige und braun und es waren ungefähr 60 kleine Symbole aufgedruckt, die wie Moleküle aussahen, also mehrere Kügelchen aneinander. Das Hemd war aus einem Stretchstoff und dehnte sich jedes Mal unter den Armen, wenn Himmi sich bewegte. Die Moleküle wurden dann etwas größer und veränderten ihre Form. Außerdem trug Himmi noch seine Stoffhose in Braun, die aussah wie Cord, aber glänzte und auch aus Stretchstoff war. Und er trug seine bequemen Schuhe, die eine ziemlich dicke Gummisohle hatten. Wenn ich sagen müsste, wie Himmi angezogen war, dann würde ich sagen: gar nicht. Ich glaube, er zog Kleidung nur deshalb an, weil man ihm beigebracht hatte, dass man welche tragen muss.

Als er Mädchen jetzt ansah, war er nachdenklich. Er sah sie so traurig an, dass ich beinahe erschrak. Es war ein Blick, der so gut zu ihm passte! Man sah irgendwie, dass er genau wusste, was Mädchen meinte, dass er sich aber niemals wegen anderer Leute gut anziehen würde. Man sah aber auch, wie müde er war. Und man sah ihm an, dass er Mädchen trotzdem sehr gern hatte.

Er öffnete auf einmal den Mund und sagte zu ihr ganz leise: »Mein Held.«

Das war ja etwas, was Heike sonst zu ihm gesagt hatte. Jetzt sagte er es zu Mädchen. Ich hatte noch nie mitgekriegt, dass er jemanden so nett angesprochen hatte.

Mädchen antwortete leise: »Held-in!«

Und Himmi sagte: »Held-in.«

Mädchen sagte darauf mit tiefer Stimme: »Weil du es bist.«

Himmi presste seine Lippen zusammen, von denen Heike mal gesagt hatte: »Schmal, aber sinnlich – wie bei Gregory Peck.« Sie wusste sicher nicht, dass Himmi mittlerweile dicker geworden war. Seine Wangen waren dicker und unter den Augen hatte er ständig schwarze Ringe, die nicht nur dunkel aussahen, sondern auch dick, als könnte man sie mit dem Finger fühlen. Er bekam ein wenig ein Doppelkinn, wenn er an sich herunter sah. Und wenn er dann den Kopf nach links oder rechts drehte, hörte man die vielen dunklen Bartstoppeln reiben.

Die Serviererin kam noch einmal den langen Weg herbeigehumpelt. Wir bestellten ein Weizen für Himmi, ein Eis für Mädchen und ein großes Pils für mich.

Wir sahen wieder schweigend raus auf den Rhein. Von oben hörte man manchmal ein Bollern, wenn Leute die Metalltreppen zum Aussichtsdeck rauf- oder runterstiegen. Draußen sah man gerade Bad Honnef und die Halbinsel davor. Dort saßen viele Leute bei Kaffee und Kuchen oder Bier und Brezeln und viele Kinder, die herumrannten und unten am Ufer Steine ins Wasser warfen. Der Rhein floß nach hinten weg. Er war heute schon wieder ganz glatt und ruhig. Anscheinend hatte er auch gerade frei. Ich erinnerte mich an einen Spruch von Bernie, der im Happy mal was zu uns gesagt hatte. Er war mit seiner Frau und seinen Kindern mit den Fahrrädern bis nach Remagen und dann auf der anderen Seite zurück nach Bonn gefahren. Damals hatte er ja noch Familie. Er hatte gesagt, dass der Rhein allen Leuten, die ihn lange genug betrachten, seinen Arm um die Schulter legt. Das fiel mir in diesem Moment wieder ein.

Himmi nahm auf einmal einen Flachmann aus seiner Tasche und schraubte ihn auf. Er trank daraus und reichte ihn mir.

Ich versuchte es auch mal, aber es war für mich viel zu fuselig. Schnaps hat mir noch nie richtig geschmeckt. Ich musste sofort Bier hinterherspülen.

Mädchen sagte: »Ich will auch was«, und hielt Himmi die geöffnete Hand hin.

Ich dachte, dass Himmi den Flachmann wegpacken würde, er überlegte auch kurz, aber dann reichte er ihn Mädchen einfach rüber und sagte: »Trink!«

Mädchen war dadurch etwas verunsichert und roch erst mal an der Flasche. Aber dann nahm sie doch ein winziges Schlückchen. Als sie den Fusel im Mund hatte, war sie angeekelt und ließ die Flüssigkeit aus ihrem Mund heraus in ihr leeres Fanta-Glas laufen. Dann atmete sie tief und sagte mit ihrer tiefsten Stimme: »Shit! Pferdepisse.« Das hatte sie garantiert aus einem Film, da bin ich mir ganz sicher.

Himmi sagte: »Richtig, Pferdepisse. Und so was willst du trinken.«

Aber sofort danach legte Mädchen es schon wieder drauf an. Sie sagte: »Hast du auch 'ne Zigarette?«

Himmi sagte: »Nein, heute nicht.«

»Und warum?«

»Kein Geld.«

»Und warum?«

»Keine richtige Arbeit.«

»Und warum?«, fragte Mädchen weiter.

Himmi war zwar mit Sicherheit von den vielen Weizen schon entspannt, aber er setzte sich dennoch gerade hin und sagte langsam und deutlich: »Weil ich nichts kann. Okay?«

Mädchen antwortete: »Okay.« Sie nahm zwei Bierdeckel und stellte sie wie ein Zelt auf der Tischdecke auf. »Ich wünsche mir, dass du wieder eine Freundin kriegst, Onkel Himmi!«

»Ich weiß nicht«, sagte Himmi und blickte auf die Bierdeckel, mit denen Mädchen hantierte. Es waren Bierdeckel mit Hachenburger-Pils-Reklame und einer Landkarte vom Westerwald auf der Rückseite.

Auf einmal sagte Mädchen: »Ulrich?«

Ich sagte: »Ja?«

»Setzt du dich bitte auf meinen Platz?« Und schon schlüpfte sie unter den Tisch, tauchte neben Himmi wieder auf und saß auf einmal neben ihm.

Ich schob meinen Bierdeckel mit dem noch vollen Glas drauf etwas weiter zum Fenster hin und rutschte dann auf den Platz, auf dem vorher Mädchen gesessen hatte. »So, jetzt hab ich deinen Platz. Und jetzt?«

Mädchen sagte: »Wir sind aus einer Familie und sitzen besser nebeneinander.«

Himmi schaute leicht gequält. Und dann begann er, eine komische Geschichte zu erzählen:

»Ich bin mal durch den Rhein geschwommen, um einem Mädchen zu imponieren. Es hat nicht funktioniert. Sie wollte mich damals nicht und das war auch besser für sie. Sie wollte, dass ich mich auf sie festlege, was ich aber nicht konnte. Ich hätte mich damals nicht mit ihr zum Eisessen verabreden sollen und zu irgendetwas anderem auch nicht. Ich hätte mich auf dem Schulhof einfach irgendwo anders hinstellen sollen.« Er schwieg.

Mädchen sagte: »Wieso woanders hinstellen?«

Als Himmi weiter schwieg, tippte sie mit dem Zeigefinger vorsichtig an seine Schulter, als wollte sie ausprobieren, aus welchem Material er war.

»Ich hab mir zuwenig Gedanken gemacht. Man muss sich vorher überlegen, was man tut, und in dem Irrglauben, ich würde sie kennen, habe ich überhaupt erst beschlossen, sie anzusprechen. Danach musste ich durch den Rhein schwimmen. Ich musste einfach.« Er sah uns beide ganz direkt und ernst an, als hätten wir ihn provoziert: »Okay?«

Wir legten gerade in Unkel an, wo wir eigentlich aussteigen wollten, aber aus irgendeinem Grund hatten wir keine Lust auszusteigen. Sogar Mädchen guckte nicht nach der Anlegestelle. Wir sahen beide zu Himmi.

Ich verstand von seiner Geschichte zuerst gar nichts und Mädchen wohl auch nicht. Doch die ganze Zeit bis zurück nach Bonn hat Himmi immer wieder etwas davon erzählt. Und dann wieder nicht. Und dann wieder etwas. Er trank noch mindestens drei Weizen.

Mädchen löcherte ihn andauernd, zum Beispiel so: »Warum hast du denn nicht gesagt, dass du sie magst?«

»Ich habe nicht gesagt, dass ich das nicht gesagt habe!«

»Nur weil sie schlechte Musik hörte?«

»Nicht deshalb. Sondern weil sie mit mir nichts anfangen konnte.«

»Sie hat dich doch gefragt, ob du sie lieb hast.«

»Nein.«

»Doch! Hast du gesagt!«

»Ja, klar! Aber sie hat verlangt, dass ich es so aufsage, wie sie wollte.«

Ungefähr so ging das die ganze Zeit. Himmi erzählte nachher alles von dieser Geschichte. Ich glaube, er erzählte überhaupt nur etwas, weil er Mädchen so gern hatte. Er erzählte von dem ersten Zeltlager, wo er für Heike geraucht hatte. Und von dem zweiten Zeltlager, wo er für sie und ihre Freundin das Zelt aufgebaut hatte, weil er als technisch begabt galt und die beiden Mädchen »Jetzt ziehen wir ein!« gerufen und ihm einen Kuss auf die Wange gegeben hatten, was ihn tagelang erschütterte. Er stützte zwischendurch den Kopf auf beide

Hände und starrte unter sich, damit er uns nicht ansehen musste. Als die Kellnerin zwischendurch wieder mal vorbeikam, musste er hochsehen, um noch was zu bestellen. Da sah ich, dass er heulte. Ich sah, dass seine Wangen auf einmal noch dicker waren und ganz nass. Danach setzte er sich aufrecht hin, erzählte einfach weiter und versuchte, seine Tränen zu unterdrücken, indem er andauernd die Augen auf- und zuklappte und zusammenpresste. Und als er fertig war, saß er neben Mädchen, die sich an ihn gelehnt hatte und eine Hand vor seine Augen hielt. Sie tat das anscheinend, damit er sich nicht zu schämen brauchte. Es sah seltsam aus, wie sie ihre ausgestreckte Hand vor seine Augen hielt. Himmi saß dahinter und man hörte, wie er die Nase hochzog.

Dann waren wir wieder am Alten Zoll und mussten raus. Wir waren während der ganzen Fahrt nicht ausgestiegen. Jetzt stiegen wir die Treppe rauf und gingen langsam hinter den anderen Passagieren über den Steg an Land. Es war alles ziemlich grell wegen der Sonne und um uns herum waren mindestens 100 Leute mit ihren Fahrrädern und Kinderwagen beschäftigt. Ein merkwürdiges Gewimmel. Sie hatten es alle eilig und redeten laut, während sie sich sammelten oder ihre Stadtpläne aufklappten. Dann gingen sie in Richtung Kennedy-Brücke oder hoch zur B 9. Nur wir standen da und guckten, wie das Schiff mit seiner Schraube mächtig im Wasser herumwühlte, ablegte und wegfuhr. Ich war irgendwie froh, als es endlich verschwunden war.

## Kapitel 10

# Brigitte erzählt noch etwas

Was Himmi damals passiert war, weiß ich eigentlich nur von Brigitte. Sie sagte: »Ist gut«, als ich sie von der Telefonzelle an der Bornheimer Wache anrief und fragte, ob ich vorbeikommen durfte. Ich rief bei ihr an, weil ich wusste, dass sie zu Hause war und weil ich an diesem Freitagabend sonst nichts vorhatte. Es war aber nicht nur das: Ich rief sie auch an, weil ich sie mochte. Sie war irgendwie sehr gelassen und hatte wenig Furcht.

Allerdings hatte auch Brigitte ein paar merkwürdige Angewohnheiten. Sie legte sich zum Beispiel gerne unter Autos. Wir sind zweimal zusammen in der Stadt unterwegs gewesen und jedes Mal musste sie sich plötzlich hinknien und unter das Auto gucken, das gerade neben uns am Gehweg parkte. Beim zweiten Mal legte sie sich sogar hin. Ganz kurz, nur ein paar Sekunden, glaube ich. Sie lag auf dem Bauch und spähte unter das Auto, obwohl absolut nichts darunter lag. Dann stand sie wieder auf. Sie bekam einen roten Kopf, weil sie sich angestrengt hatte und weil es ihr unangenehm war, dass sie das tun musste. Es kam auch vor, dass ich Dinge aus ihrer Wohnung mitnehmen musste. Als ich einmal bei ihr zu Besuch war und gerade nach Hause gehen wollte, drückte sie mir eine Drahtblume in die Hand. Es war ein Drahtstängel mit einer roten gestickten Blume dran, die als Blüte ein rundes Gesicht hatte und lachte. Ich sagte: »Wieso gibst du mir das?«, und sie sagte: »Du musst das mitnehmen.« Ich sagte: »Warum schmeißt du den Ramsch nicht einfach weg?« Und Brigitte sagte: »Bitte nimm es mit!« Sie drückte es in meine

Hand, und ich merkte irgendwie, dass sie es ernst meinte. Ich steckte die Drahtblume ein und ging durchs Treppenhaus runter auf die Reuterstraße, zog die Blume aus der Jackentasche und sah sie an. Mir war irgendwie unheimlich, was passiert war und was dieser Gegenstand bedeutete. Ich warf sie auf die Straße, sah mir an, wie mindestens fünf Autos drüberfuhren und sie hin und her fliegen ließen. Die rote Blume lag auf dem Asphalt und lachte immer noch. Ich ging schnell weg. An diesem Freitagabend aber hat mir Brigitte erzählt, dass Himmi früher viel Musik gehört hat. Ich wusste davon nichts. Er hatte den ganzen Müll auf Kassette, den auch die anderen in seiner Klasse gut fanden, auch das Mädchen, in das er sich dann verliebt hat. Zum Beispiel Kinks und Murray Head und Abba und Simon and Garfunkel und all das Zeug. Mit der Zeit lernte er aber dazu. Er hörte viel Hardrock. Dann wieder etwas ruhigere Platten. Irgendwann hörte er nur noch die Alan-Bangs-Sendungen. Er sagte sogar Verabredungen ab, um Alan Bangs zu hören. Nightflight und Nachtrock und ABC. Alan Bangs hat ja sehr viele seltene Sachen gespielt, zum Beispiel von Kevin Coyne und Terry Reid. Das waren einige von Himmis Lieblingsmusikern. Alan Bangs machte einmal eine Sendung nur mit Coverversionen von einem Stück. Oder er spielte Tonbandaufnahmen, die der Forscher Alan Lomax in den Fünfzigerjahren in einem Gefängnis in Mississippi gemacht hatte von so einer Chain Gang. Solche Sachen. Himmi hat einmal zu Brigitte gesagt: »Alan Bangs ist mein Kumpel, ohne dass ich ihn kenne.« Irgendwann stellte Himmi wieder das Radio an, um seine Sendung zu hören, aber sie kam nicht. Sie war abgesetzt worden. Der WDR hatte sich für den Kommerz entschieden und wollte Musik, die durchhörbar war, wie sie es nannten. Himmi sagte: »Der WDR hat es begriffen: Die

Zeiten werden immer asozialer und die Musik immer netter.«
Er hat seitdem nie wieder WDR gehört. Er hörte fast ganz auf,
Musik zu hören. Er bezahlte auch keine Rundfunkgebühren.
Und ich habe nie mitbekommen, dass er zu Hause mal was
auflegte.
Aber darum ging es gar nicht an diesem Abend. Das erzählte
Brigitte nur nebenbei. Eigentlich erzählte sie, warum der ein-
zige Annäherungsversuch, den Himmi jemals gemacht hat,
daneben ging. Das wäre ja nicht so schlimm gewesen, wäre
Himmi dabei nicht fast ertrunken ...

Himmi fand seine Klassenkameradin Heike so gut, weil sie so
lebendig wirkte und so natürlich. Sie trug einen blauen Mantel mit riesigen Knöpfen aus Holz und an der linken Hand
zwei Ringe. Sie sah nett aus, hatte lange braune Haare. Brigitte sagte: »... dichte lockige Haare, denen man ihren Duft ansah.« Und sie ging immer so sehr dicht an ihren Mitschülern
vorbei. Sie schien das nicht zu bemerken. Sie ging mitten
durch irgendwelche Grüppchen, die auf dem Schulhof zu-
sammenstanden. Dabei war sie gar nicht eitel. Brigitte meinte: »Eher so wie ein Lurch unter anderen Lurchen. Wenn die
einen warmen Stein finden, liegen sie auch übereinander, ohne sich etwas dabei zu denken.« Sie fasste die Jungs mit einer
Hand sanft an der Schulter und sagte: »Ach, lässt du mich
mal durch?« Und die Jungs traten beiseite. So war sie. Himmi
hätte niemals so etwas gekonnt. Er hätte nie jemand einfach
so berührt. Sie aber war sehr neugierig und vertraute jedem.
Sie hatte auch die Angewohnheit, nicht sofort zu antworten.
Wenn jemand sie was fragte, dann stellte sie sich ganz aufrecht hin. Das war's. Sie schaute den Mitschüler oder den
Lehrer oder sonst wen an und blieb einfach so. Als ob der an-

dere gefragt worden wäre. Es konnte ziemlich lange dauern, bis die merkwürdige Lage aufhörte und sie doch was sagte. Heike überlegte schon damals sehr lange, was sie machen und sagen soll, deshalb hielten ein paar sie auch für arrogant. Das war sie aber nicht. Sie war trotzdem irgendwie klug. Sie war einfach sorgfältig und nicht schnell. Nur bei körperlichen Sachen war sie sehr schnell. Sie war mal mit Himmi tanzen gegangen, weil er nicht schnell genug abgelehnt hatte. Als sie in die Disco in Köln reingingen, wusste sie zwar sofort, dass Himmi hier falsch war, aber sie zog mit beiden Armen an seinem rechten Arm, bis er mit auf die Tanzfläche kam. Dann hielt sie ihn an beiden Händen fest. Sie benutzte seine Hände, um sozusagen mit sich selbst zu tanzen. Sie drehte sich darunter durch und setzte einen Schritt zurück und dann einen vor und alles, ohne dass Himmi sich viel bewegte. Ihr Blick aber sagte: Wir tanzen! Und außerdem: Du und ich tanzen! Das sah man in ihrem Blick. Und sie hatte keinen Freund. Sie war Heike, und nun begann sozusagen ihre erste gemeinsame Zeit.

Himmi hatte damals noch keine Freundin, noch nie eine gehabt. Er war aber ganz zuversichtlich, weil er ziemlich angesehen war wegen seiner guten Noten. Außerdem kam er aus einem Elternhaus, wo schon öfter mal gesagt worden war, dass »das geeignete Mädchen« ihm mit der Zeit von selbst über den Weg laufen würde. Und dass er einen höheren Anspruch haben könnte. Seine Mutter sagte: »Ich sage dir dazu nichts. Ich sage nur, dass sie zu dir passen sollte.« Deshalb wagte Himmi es irgendwann, Heike anzusprechen. Er hatte erst gar keine Hemmungen, weil er ja immer schaffte, was er sich vornahm. Er sprach sie in der Pause an und sagte: »Hast du Lust auf ein Eis?« Und sie sagte: »Was meinst du?« Und als er nicht sofort antwortete, sagte sie nach einer Weile: »Was möchtest du von mir?« Als er darauf immer noch nichts sagte, ging sie weg. Himmi erzählte Brigitte später, dass er ihr hinterherschaute und sah, wie ihre wundervollen Haare auf der Kapuze ihres Mantels hin und her hüpften. Und dass ihm das immer noch lange als Erstes einfiel, wenn er an sie gedacht hat.

Ab da fragte er sie ungefähr einmal pro Woche, ob sie was mit ihm machen wollte.

Als er mal ganz höflich war und beim Fahrradständer ihr Fahrrad aufhob, weil wieder ein paar Asis alle Räder umgeworfen hatten, sagte sie: »Hast du einen Vorschlag, was wir machen sollten?«

Himmi holte ganz locker ein Päckchen Zigaretten aus seiner Hemdtasche, nahm eine für sich raus und hielt ihr auch eine hin.

Sie sagte: »Nein, danke, keine Zigaretten.«

Er sagte: »Im Alten Zoll?« Das war der Biergarten an der Uni.

»An welchem Tag?«

»Heute nachmittag?«

Sie sagte in ihrer typischen Heike-Art: »Weißt du auch, wann genau du Zeit hast?«

Er sagte: »Um vier.«

Sie sah ihn sehr förmlich an und sagte: »Ja, ist gut.«

Und dann trafen sie sich ein paar Mal. Und Himmi erzählte andauernd von seinen Lieblingsbands und den Konzerten, auf denen er gewesen war. Er war gerade bei der Langweiler-Band BAP gewesen. Er fand Wolfgang Niedecken super und erzählte ihr das andauernd. Er sagte ihr, wie anders und wichtig ein Typ sei, der sich über seinen Dialekt mit seiner Musik ausdrückte. Er erzählte von seiner Prag-Tour mit seinen

Freunden, wo sie in jede Bar durften, weil sie West-Geld hatten. Und von dem Jupitermond Jo, mit dem im 18. Jahrhundert zum ersten Mal die Lichtgeschwindigkeit gemessen wurde. Andauernd erzählte er Heike solche Sachen.

Heike hörte ihm immer zu. Und irgendwann gab sie ihm mittendrin einen Kuss. Sie beugte sich einfach, während Himmi redete, über den Tisch und sagte: »Nur zum Probieren!« Und dann lagen sie irgendwann spät abends in den Rheinanlagen beim Römerlager auf der Wiese und legten sich aufeinander und befummelten sich und sie küsste seinen Mund richtig und er war »endlich mal entzwei«, wie Brigitte sagte.

Und dann auf einmal war alles vorbei. Als Himmi sich wieder mit ihr verabreden wollte, sagte sie, dass sie Volleyball habe. Und beim nächsten Versuch sagte sie: »Ich möchte einen Mann, der mir seine Gefühle zeigen kann!«

Himmi meinte: »Wieso, habe ich denn keine Gefühle? Ich hab dir das doch gesagt!«

Und sie sagte: »Du hast dir was bewiesen, nämlich dass du mich haben kannst. Warum kannst du mir nicht sagen, dass du mich lieb hast? Ich muss dir das doch nicht vorsagen? Du hast mir noch kein Mal irgendetwas Nettes gesagt. Ich habe dich auch so gern, wie du erzählst und dich anstrengst für mich. Ich mag das ja. Aber man muss auch einmal etwas sagen, was einer Frau guttut. Weißt du, was ich meine?« Während sie das sagte, hielt sie den Ärmel seiner Jacke fest. Ganz sanft. Dann ließ sie ihn los. Himmi sah, wie ihre Hand sich von ihm entfernte. Er konnte nichts mehr antworten. Es ging einfach nicht.

Himmi war zunächst gar nicht so mutlos. Er dachte, dass er das schon hinbekäme. Er hatte so ein Problem noch nicht gehabt. Aber er dachte bei Problemen meistens, dass sie mehr wie Spiele waren, die zwar anstrengend waren, aber auch Spaß machten und zum Schluss gelöst wurden.

Aber nach ein paar Tagen wurde er nervös. Er wusste nicht, wie er es ihr sagen sollte. Aber wie und was war diesmal dasselbe. Er grübelte und machte einige Entwürfe.

Nach einer Woche bemerkte Brigitte, dass er beim Abendessen nichts sagte, sein Toastbrot mit ganz wenig Butter bestrich und nicht aufhörte, mit dem Messer darauf hin und her zu schrappen. Er kratzte total lange drauf herum. Brigitte meinte: »Wie wenn einer einen Baum absägt.« Sein Vater sagte: »Brigitte, deine Kommentare braucht dein Bruder nicht. Du bist älter, ihm aber nicht unbedingt voraus. Ganz im Gegenteil.«

Himmi fragte Heike später am Telefon noch mal, ob sie sich treffen könnten, und sie sagte irgendwie sehr streng: »Nur wenn du es sagst!«

Und er sagte: »Was sagst?«

»Dass du mich lieb hast!«

Aber irgendwie konnte er das nicht.

Wie immer, wenn er etwas nicht schaffte, dachte er Millionen Stunden darüber nach. Einmal fragte er Brigitte, ob er es einfach dahersagen sollte. Und Brigitte sagte, weil sie selbst keinen Freund hatte, aber gerne einen gehabt hätte: »Ja.« Aber Himmi hat es nie gesagt. Niemals. Zu niemandem. Er fuhr abends andauernd mit dem Fahrrad am Rhein herum. Er hielt an einem dieser Abende an einer Telefonzelle und rief sie noch einmal an. Heike sagte, dass sie ihn sehr gerne habe und dass sie sich ja auch gerne mit ihm treffen würde, weil sie selbst schon zwischendurch andauernd an ihn denken müsse. Sie sollten sich wiedersehen, auch wenn es traurig sei, dass er nichts Liebevolles zu ihr sagen könne. Sie sagte: »Ich bin halt nur sehr traurig. Es hat eben nicht jeder viel Mut. Wir denken nicht dran, wenn wir uns treffen. Wir können uns trotzdem im Arm halten.« Und das machte Himmi selbst so traurig wie noch nie. Er dachte andauernd daran, dass er es nicht konnte und keinen Mut hatte. Erst lange, nachdem Heike aufgelegt hatte, hängte er den Hörer ein.

Brigitte meinte: »Es war die erste Aufgabe, die er nicht lösen konnte.« Sie sagte, dass er sogar das nächste Konzert vom Schulorchester schwänzte. Er hatte mit zwölf Cellospielen gelernt und es ziemlich problemlos ins Orchester geschafft, wo er gerne angab, weil er schon ziemlich schwierige Etüden ausprobierte, von Friedrich Grützmacher zum Beispiel, wer immer das auch war. Als sein Vater mitbekam, dass Himmi nicht beim Konzert war, sagte er nur: »Du weißt, dass ich dir nicht dreinrede, wenn so etwas passiert. Das geht auch ohne.« Und dann saß Himmi irgendwann nachts am Rhein und überlegte sich ungefähr das: Jetzt will ich erst mal da rüber schwimmen. Er wollte wissen, ob er so viel Mut hatte. Er war sich dabei fast ganz sicher. Himmi zog all seine Sachen aus und stieg in den Rhein. Er war auf der Höhe der Rheinaue. Er ging ins Wasser, um zu sehen, ob er es schaffte rüberzuschwimmen.

Er rutschte schon beim Reingehen auf den glitschigen Steinen aus und verletzte sich die Hand, sodass er eine dicke weiche Beule auf dem Handrücken bekam. Das Wasser war viel kälter, als er gedacht hatte. Er hatte das Gefühl, endlos zu schwimmen und fand es auch komisch, weil er immer dachte: Was mache ich hier eigentlich? Er kam irgendwie nicht vorwärts und brauchte unheimlich lange, bis er den Eindruck hatte, dass er in der Mitte war. Er wurde viele Hundert Meter abgetrieben. Dann drehte ihn etwas und er ging unter. Er schluckte Wasser und war voll von Wut, hatte Angst, schluckte Rheinwasser und war schon völlig ausgekühlt. Er schwamm und schwamm und hatte eigentlich keine Kraft mehr, weil die Strömung ihn wegdrängte und er nicht mehr sah, wohin er wollte, weil er so tief im Wasser hing. Alles war schwarz bis auf ein paar Lichter, die weit weg waren. Und dann merkte er, dass er andauernd Wasser schluckte. Brigitte sagte: »Und dann trank er es!«

Als er draußen war, lag er erst mal nur auf dem Lehm direkt am Wasser. Es kamen Leute und ein Blaulicht ohne Sirene, ganz leise, durch die Beueler Anlagen zu ihm, nette Passanten fragten ihn irgendwelche Sachen und er hatte immer weniger Angst. Er kam ins Joseph-Krankenhaus und wurde dabehalten. Die Ärztin und die Schwestern waren sehr konzentriert und versuchten herauszufinden, ob er Selbstmord oder so etwas begehen wollte und ob er etwas Ernsthaftes davongetragen hatte. Alle waren freundlich und zugleich in Zeitnot.

Noch in der Nacht kam sein Vater mit Brigitte ins Krankenhaus. Seine Mutter war nicht dabei. Sein Vater schlug die Tür auf, sah Himmi und ging wieder raus.

Brigitte setzte sich ans Bett und sagte: »Er will erst mit dem Arzt reden. Wir haben vergessen, dir Kleidung mitzubringen.«

Himmi schwieg.

Dann kam sein Vater wieder rein. Er trug sein Tweed-Jackett und hatte seine Autoschlüssel in der Hand. Er blieb neben dem Bett stehen und stellte drei Fragen:

»Bist du wohlauf?«

»Ja.«

»Wolltest du dich umbringen?«

»Nein.«

»Hast du einen Grund gehabt, das zu tun?«

»Nein.«

»Es gibt hierfür also keinen Grund?«

»Ich habe überhaupt keinen Grund hierfür.«

Am nächsten Tag konnte er heimgehen. Er sollte ein Taxi nehmen, aber er hatte Hemmungen, eins zu bestellen. Deshalb ging er zur Straßenbahn und wartete, bis sie kam. Er fuhr über die Kennedy-Brücke und dann nach Godesberg. Er hatte vom Krankenhaus eine Hose und Schuhe und ein Hemd bekommen, die andere Patienten dagelassen hatten, vielleicht waren sie auch von Verstorbenen. Er hatte dem Arzt erzählt, dass er gewettet habe und deshalb in den Rhein gegangen sei. Er fuhr am Bertha-von-Suttner-Platz unter die Erde. In der U-Bahn saßen Leute, die von der Arbeit kamen. Es war ungefähr sechs Uhr abends. Er muss merkwürdig ausgesehen haben mit den geliehenen Klamotten, weil er riesige Ringe unter den Augen hatte und einen dicken Verband um die Hand. Aber das ist das Gute an Bonn: Hier sagt keiner was.

All das hat mir Brigitte an diesem Abend erzählt. Sie sagte, dass Himmi nicht mehr versuchte, mit Heike zu reden, obwohl sie es wollte. Er saß während der Pausen jetzt immer hinter der Schule beim Kiosk auf einer Treppe. Da ging sie nie hin.

**Kapitel 11**

# Letzter Abend am Frankenbad

Am Tag nach unserem Ausflug auf dem Rhein war ich den ganzen Tag in der Uni, aber trotzdem schwänzte ich alle meine Vorlesungen und das Seminar. Ich hockte zwei Stunden in der Bibliothek rum und blätterte in einem Quellenband zum Hochmittelalter – ich hatte gerade ein Seminar belegt, in dem wir den Investiturstreit durchnahmen. Es waren riesige Bände, die man kaum heben konnte. Die großen und dicken Seiten musste ich mit zwei Händen umdrehen, weil sonst die Blätter geknickt worden wären. Ich hatte einen Platz am Fenster bekommen und konnte runter auf den Rhein sehen. Die Leute gingen unten an der Rheinpromenade vorbei und schlenderten beschwingt und angeregt in der Sonne herum. Manchmal kamen Pärchen vorbei, die sich umarmt hielten. Man sah, wie sie es genossen, am Wasser und in der Sonne zu sein und sich zu haben.

Ich sah in meinen Band der Bibliografie hinein. Es war Band 2, III der Regesta Imperii, den ich mir bestellt hatte. Es war alles in Latein verfasst und ich verstand kein Wort.

Ich nahm das andere Buch, das ich mir aus dem Archiv im Keller besorgt hatte. Es hieß Lamperti Annales. Ich sollte mir ansehen, wie Lampert von Hersfeld von Heinrich IV. dachte und was er über seine Haltung zu den deutschen Fürsten schrieb. Ich hatte mir am Abend vorher mit einigem Aufwand angelesen, wie Heinrich IV. im Investiturstreit mit dem Papst vorging und war eindeutig auf der Seite von Heinrich. Heinrich war schon als Kind entführt worden und musste sich meistens ohne Eltern durchschlagen. Er hatte nur wenig Erfahrung und lernte trotzdem schnell, seine Aufgabe als König zu erfüllen. Dieses Amt übernahm er mit sechs Jahren. Da musste er bereits genau wissen, was er tat. Himmi sagte einmal: »Heinrich vier hat sich mit allen angelegt und verloren, aber sein Leben war insgesamt ein Sieg.« Ich hatte eher Mitleid mit ihm. Ich dachte daran, dass er zu Fuß über die Alpen gezogen war, wo sie ihre Pferde mit Stricken hoch- und runterlassen mussten und wo viele Begleiter starben. Alles nur, um sich vor dem Papst in den Schmutz zu werfen. Irgendwie hatte ich den Eindruck, Heinrich war ein von allen gehetzter Mensch und ich fühlte etwas mit ihm.

Ich musste aber auch andauernd nach draußen zu den Leuten schauen, ließ mich ablenken und bin schließlich gegangen.

Ich halte es ab einem gewissen Punkt nicht mehr aus in der Bibliothek. Immer dann, würde ich sagen, wenn ich mich danach sehne, unten am Rhein zu sein, weil wieder Leute dort rumlaufen, die zusammen fröhlich sind und stehenbleiben und auf den Fluss schauen.

Die Bücher gab ich an der Ausleihe ab, weil es wertvolle Bände waren. Ich ging zu meinem Schließfach, holte meine alte Schultasche und ging dann zum Uni-Campus am Hofgarten.

Hier kickten ein paar Studenten mit einem hellgrünen Fußball und einige lagen in der Sonne und hatten ihre Büchertaschen dabei ... oder ihre Kinder oder Bierflaschen oder beides. An den Rändern geht die Hofgartenwiese wie gesagt etwas nach oben, sodass man da bequem liegen und alles beobachten kann. Ich stellte meine Büchertasche ab, setzte mich ein paar Minuten lang hin und sah den Hobbykickern und all den anderen zu. Aber nach kurzer Zeit stand ich wieder auf und ging weiter. Ich fühle mich alleine eigentlich nie sehr einsam, aber schon zu der Zeit hatte ich nicht viele Freunde, sieht man mal von Himmi und zwei oder drei Bekannten ab. Und deshalb habe ich am Hofgarten immer Station gemacht, wenn ich mehr oder weniger nichts vorhatte. Und jedes Mal wurde es hier eher schlimmer als besser. Alles ist da so locker und leicht, die Studenten spielen Fußball und die hübschen Studentinnen sonnen sich oder tun so, als ob sie lesen. Aber für mich war und ist an diesem Ort eigentlich immer klar, dass ich hier niemals jemand kennenlernen würde. Ich glaube, dass ich dazu auch keine große Begabung habe und dass es hier vielen Leuten besonders klar wird, dass sie keine haben. Es ist schön am Hofgarten, die Uni ist ein Gebäude, auf das ich immer gerne schaue. Aber wenn man allein und kein offensiver Typ ist und wenn man gerne Freunde hätte, dann deprimiert einen diese Umgebung. So ist der Hofgarten.

Ich ging deshalb zum Koblenzer Tor und danach ins Zebulon, einer der besten Kneipen in Bonn neben dem Happy. Die Bedienungen sind immer sehr nett und sehen auch noch gut aus. Man kann sehr gut allein hingehen, ohne dass man auffällt, es sind nämlich immer viele andere alleine da, an der Theke, und sagen wenig. Es gibt ganz passable Musik und Bitburger.

Ich setzte mich an einen der Tische und wartete auf die Bedienung, die wie immer die Theke machte. Auf einer schmalen Holzleiste, die an der ganzen Wand entlang lief, lagen jede Menge Gratis-Postkarten und Werbeblättchen für Rock-Konzerte und für Copyshops. Dazwischen aber lag ein kleiner Stapel mit Blättchen, die nicht bedruckt waren. Sie waren mit Kuli beschrieben. Ich nahm eins und las es durch. Es war von Klaus Vigge. Es war eins seiner Werke drauf. Er hatte die Zettel nicht kopiert, sondern jeden einzelnen mit der Hand vollgeschrieben, immer mit demselben Gedicht – vielleicht hatte er das Geld für die Kopien sparen wollen. Und dann hatte er sie hier ausgelegt. Es stand drauf:

*Ich liebe euch ihr Vögel*
*ich wäre gern so wie ihr seid*
*ihr fliegt die Höhen auf*
*und uns hinaus*
*und alle höher hoch und frei, so frei*
*seid ihr*
*ich liebe euch darum*
*ich seh euch leider nur, ich kann nicht flie-*
                              *nicht flie-*
                              *nicht flie-*
*gen, fliegen kann ich nicht,*
*mein Äuglein ist ihr Vögel, oh fahler weißer Himmel mit den*
*ganzen Uhrzeiten,*
*und Vögel ihr, stürzend*
*steigend, Flügel sind verlieren alles*
*in der Welt voll Luft*
*ich liebe auch euch Vögel, glaub ich, ach*
*ich glaub,*
*ich lieb einfach die Vögel*
*und die Höh' dazu.*

*Klaus Vigge, Sebastianstraße 170*

Ich überlegte. Ich hatte Klaus Vigge heute Morgen gesehen, wie er am Hofgarten an mir vorbeikam, total hektisch mit seinem Fahrrad und einer Holzkiste hinten drauf. Er hatte gerade einen Niesanfall, als ich ihn traf, und die Rotze war überall auf seinen Mantel gespritzt.

Die Kellnerin im schwarzen T-Shirt kam und fragte, ob ich was haben wollte. Ich bestellte ein Bier. Es war erst vier Uhr, und ich kaufte mal wieder nachmittags mein erstes Bier! Es ergab sich einfach. Man kann das schlecht erklären. Es war irgendwie, auf eine bestimmte Art, nicht bedrohlich hier drin. Es war so vorgesehen, dass es nicht bedrohlich war. Der Sinn von Kneipen ist Frieden, das ist jedenfalls meine Meinung. Sobald man aber wieder rausgeht, ist wieder so ein Zwang da, irgendwas zu machen. Und was, das ist sehr schwierig zu entscheiden. Und man ahnt, dass wenn man sich nicht beeilt, irgendwer anders entscheidet, was man machen wird mit seinem Leben. Draußen erkennt man, dass jemand, der eifrig und zielorientiert ist, niemals um vier Uhr allein die Kneipe gehen würde. Es war im Zebulon dasselbe Gefühl wie im Happy: drinnen war's gut, draußen umso schlimmer.
Eine Stunde später ging ich ins Happy End.

Der Erste, den ich sah, war Heinz-Peter Schlaudt. Er saß nämlich nicht an der Theke, sondern am zweiten Tisch neben der Tür. Er war dick in eine Goretex-Jacke eingepackt, und man sah gar nicht mehr, dass er einen Hals hatte. Er war ganz weiß im Gesicht und hatte eine Mütze auf. Es ging ihm heute ziemlich schlecht, weil er mit der zweiten Serie Chemotherapie angefangen hatte. Ich grüßte ihn mit einem Handzeichen und er hob zaghaft die Hand mit der Zigarette.
Ich sah Himmi und Mädchen und setzte mich sofort neben sie. Himmi war schon wieder betrunken, ich erkannte das sofort. Er sah mich mit einem abwesenden Blick an, der so nervös und glänzend zugleich war, dass ich gar nichts sagte, sondern nur: »Tach.« Bei diesem Blick musste ich an Brigitte denken, die mal gesagt hatte, dass Himmi keine Tage erlebte,

sondern nur Verpackungen von Tagen, die zu leicht waren, als dass er sie hätte richtig greifen können.

Als ich mich auf dem Barhocker zurechtgerückt hatte, sagte Himmi: »Mädchen war heute im Haus der Geschichte.«

Mädchen hatte sich schon zu uns gedreht: »Ich war am Wagen von Konrad Adenauer.«

Ich fragte lehrerhaft: »Wer war denn Konrad Adenauer?«

»Der Kanzler.«

»Welcher Kanzler?«

Und Mädchen sagte: »Der Kanzler der Bundesrepublik. Er hat drei Herzinfarkte gehabt.«

»Okay«, sagte ich, obwohl ich mich fragte, ob das stimmte.

In dem Moment drehte sich Püppi, der hinter Mädchen saß, ruckartig zur Tür. Sie ging auf und wer stand da? – Heike! Ich sah zuerst weg und zu Horst rüber, der heute extrem gut aufgelegt war und andauernd mit seinem CD-Spieler hantierte, weil er zwischendurch Zeit hatte, seine Lieblingsmusik aufzulegen. Er hatte es heute mit Kenny Wayne Shepherd, einem Bluesrocker. Andauernd lief Bluesrock. Aber es war tatsächlich Heike, die in der Tür stand und sich umsah, schließlich Himmi entdeckte und sofort zu uns rübermarschierte. Obwohl es ein Sonnentag war, hatte sie ihren Trenchcoat an und einen Schirm in der Hand. Mir fiel erst nach einem Moment auf, dass der Schirm abgebrochen war – es fehlte der Griff.

Heike kam zu uns, stellte sich hinter Himmi, sodass er sie nicht ansehen konnte, und sagte laut: »Was machst du denn, Himmi!«

Himmi drehte sich ruckartig um, genauso wie Mädchen und Horst. Eigentlich guckten alle in dem Moment auf Heike.

Himmi antwortete nicht sofort, sondern rutschte vom Hocker und stellte sich hin, um Heike zu begrüßen. Er starrte sie erst mal nur an.

Als Püppi nebenan zu Horst meinte: »Machste mir mal 'n Pimmel?«, sagte Himmi mit Hustenstimme: »Tag, Heike.«

Heike sagte mit scharfem Tonfall: »Hallo, Himmi!«

»Ja?«

Heike fuhr fort: »Bei mir war die Polizei, Himmi! Ich habe ihnen gesagt, dass ich nicht weiß, wo du bist. Obwohl ich mir vorstellen konnte, wo du steckst. Ich möchte, dass du denen sofort sagst, wo du bist. Sie vermissen das Mädchen hier, das bei dir ist. Und sie suchen nach ihr! Und ihr sitzt hier und sauft schon wieder Bier!« Heike machte einen kleinen Schritt zu Mädchen und fragte sie: »Bist du die Nichte von Himmi?«

Mädchen sagte leise: »Ja. Ich heiße Elisabeth. Suchen meine Eltern mich?«

»Ja. Sie haben sogar die Polizei informiert, Elisabeth.«

Mädchen hüpfte von ihrem Hocker runter, stellte sich ganz dicht zu Himmi, drückte ihr Gesicht gegen seinen Arm und verdeckte es noch zusätzlich seitlich mit den Händen. »Ich wollte doch gar nicht lange weg. Nur zwei Tage! Das soll doch gar keiner merken!«


Was los war, war Folgendes: Mädchen wurde seit gestern von der Polizei gesucht. Sie hatte ihrem Vater erzählt, dass sie zu ihrer Mutter heimfahren würde – ihre Eltern lebten seit Kurzem getrennt und ließen Mädchen alleine mit der Bahn hin- und herfahren. Mädchen hatte ihrem Vater erzählt, dass ihre Mutter sie am Bonner Bahnhof abholen würde. Sie hatte gesagt, dass sie selbst mit ihr telefoniert hätte. Was sie aber verschwiegen hatte war, dass sie von ihrer Mutter erst zwei Tage später erwartet wurde. Das kam erst heraus, als Mädchens Mutter zufällig bei ihrem Vater anrief und Mädchen schon längst abgereist war. Mädchen machte heimlich einen Ausflug zu ihrem Onkel.

Himmi sah unter sich, schüttelte andauernd den Kopf und sagte immer wieder: »Scheiße, was mach ich jetzt? Scheiße, was mach ich jetzt?« Zum ersten Mal strich er Mädchen, die sich immer noch gegen ihn lehnte, mit der Hand über den Kopf.
Ich rechnete damit, dass jeden Moment die Polizei reinkam und Himmi in Handschellen abführte. Instinktiv nahm ich meine Jacke und zog sie an.
Himmi nahm seine ebenfalls auf den Arm und sagte zu uns: »Erst mal raus hier.«
Wir gingen raus und standen ein paar Minuten vor der Kneipe herum, ohne zu wissen, wo es hingehen sollte.
Heike sagte: »Also ... Wir können jetzt nicht einfach so wegrennen!«
Aber wie auf ein geheimes Zeichen gingen Himmi, Mädchen und ich schon los, durch die Maxstraße in Richtung Frankenbad. Heike kam notgedrungen mit uns.
Wir gingen – marschierten, würde ich sagen. Es war nicht so, dass wir richtig flüchteten. Aber es war schneller als normales Gehen.
An einer der Bänke auf dem Platz vor dem Frankenbad stoppten wir. Hier waren wir zwar nicht sicher, klar, aber erst mal nicht so schnell zu finden. Himmi setzte sich neben Heike und Heike neben Mädchen und mich. Wir berieten, was wir jetzt machen sollten. Es war eigentlich ein schöner Sommerabend, warm und trocken. Schön war auch, dass die Wasser-

fontänen am Frankenbad noch eingeschaltet waren. Es sind viele einzelne Strahlen, die einfach auf den Boden plätschern. Ich fand das immer das beste Wasserspiel in der ganzen Stadt, weil das Wasser nicht irgendwo hineinfliegt, in einen Brunnen oder so was, sondern einfach auf den Boden klatscht und man einfach durchlaufen kann. Keine Ahnung, wieso, aber es gefiel mir jedes Mal.

Als wir so dasaßen und berieten, passierte etwas Merkwürdiges. Wir wussten natürlich alle, dass wir keine Chance hatten, uns lange zu verstecken. Heike redete andauernd auf Himmi ein, dass alles nur schlimmer würde, wenn wir uns nicht meldeten. Sie hatte ihre Handtasche auf dem Schoß mit beiden Händen gepackt und rumste sie immer wieder auf ihre Beine, wenn sie etwas betonte wie »... nicht dein Kind!« oder »Sag doch was!«. Was sie anscheinend beim Reden gar nicht so richtig bemerkte war, dass allmählich auch die anderen aus dem Happy kamen. Irgendwer hatte gesehen, wo wir hingegangen waren. Zuerst kam Bernie, dann Püppi und dann der stille Mann. Püppi hatte sogar sein Weizen mitgebracht. Er stellte es vorsichtig auf dem Boden ab und holte mit Bernie eine zweite Parkbank herüber, auf die sie sich jetzt setzten. So wurde es eine richtige Versammlung.

Himmi versuchte, Heike zu erklären, warum sie sich nicht bei den Eltern gemeldet hatten. Er kam aber damit nicht durch bei ihr. Er erzählte eher ziemlichen Schrott, wie immer in der typischen Himmi-Art: »Vorgestern Morgen klingelte Mädchen bei mir. Ulrich war auch gerade da und da wir uns gefreut haben, dass Mädchen mal zu Besuch war, haben wir direkt was unternommen. Und Mädchen hat ja noch Ferien. Deshalb hab ich nicht groß gefragt, was sie sonst noch so vorhat. Denn wir haben ja auch gute Unternehmungen gemacht.

Wir haben gepicknickt und waren in der Uni und Mädchen hat mich unten am Rhein in St. Evergislus getauft ...« Solche Sachen redete er und Heike wurde immer wütender.

Aber bei ihr war es auch wie immer: Je wütender sie über Himmi wurde, desto mehr lag ihr an ihm. Sie hatte zwar ganz weiße Knöchel an den Händen, weil sie ihre Tasche so stark festhielt, und ihr Kopf wurde rot – sie presste die Lippen so doll zusammen, dass ich dachte, dass sie gleich wegschießen würde wie eine Silvesterrakete –, aber sie sagte bloß etwas gepresst: »Hängst du denn so sehr an Elisabeth?«

Himmi sah unter sich und antwortete leise: »Klar.«

Und Mädchen sagte: »Und ich bin gerne hier! Ich hab Angst, wenn ich nach Hause komme, dass es Krach gibt.«

Da sagte der stille Mann was. Zum ersten Mal sagte er was Persönliches, ohne gefragt worden zu sein: »Du brauchst keine Angst haben. Es ist nichts Schlimmes passiert. Dein Onkel ist ein guter Mann und du bist ein gutes Kind und wir alle wissen das.« Er zupfte sich eine Zigarette aus der Schachtel und steckte sie an, lehnte sich zurück, lächelte Mädchen mit seinem blassen Gesicht an und zwinkerte ihr zu.

Mädchen war erstaunlich beruhigt bei diesen Worten. Sie atmete einmal tief aus. Dann fragte sie: »Kann ich auch eine Zigarette haben?«

Der stille Mann beugte sich nach vorne. Er sagte: »Nur heute und nur so«, und gab ihr eine, aber er gab ihr kein Feuer, sodass Mädchen einige Zeit mit der Zigarette dabeisitzen konnte und sie wegschmiss, als sie ganz nass war.

Bernie war ziemlich still die ganze Zeit. Ihm passte die ganze Situation am wenigsten. Er sagte, es wäre wie Kindesentführung, wenn man wüsste, dass ein Kind zu Hause erwartet würde. Aber er blieb bei uns und gab Püppi sogar noch Geld, damit er im Dönerhaus an der Heerstraße Bier kaufen konnte. Als Püppi wiederkam, hatte er außer ein paar Bitburgern noch ein Bounty dabei. Bernie sagte: »Na, da nimmste ja wieder 'ne komplette Mahlzeit zu dir.«

Mädchen wollte auch einen Schokoriegel und so packte Heike ein winziges Taschenmesser aus und schnitt auf einem Taschentuch die beiden Bounty-Hälften in kleine Stücke. Dann sagte sie »Bitte« und reichte jedem ein winziges Stückchen. An ihrer Stimme hörten wir alle, dass sie heulte, obwohl man es kaum sah, und jeder nahm sein Stückchen und schob es verlegen in den Mund.

Nur Püppi sagte munter: »Is ja hier wie beim letzten Abendmahl. Echt feierlich ...«

Da sagte Heike zu Himmi: »Warum seid ihr nicht zu mir gekommen und habt mir erzählt, was ihr macht?«

Himmi antwortete: »Daran haben wir zuerst nicht gedacht, weil wir schon lange nichts mehr zusammen unternommen haben. Aber wir waren dann doch bei dir ...«

»Bitte? Ihr wart bei mir? Wann wart ihr denn bei mir?«

»Gestern.«

»Wann denn gestern, Himmi!?«

»So um halb sechs. Wir haben aber nicht geklingelt.«

»Und warum nicht? Du kannst ja wohl noch bei mir klingeln!«

»Wir haben dir ja eine Nachricht in den Kasten geschmissen«, sagte Himmi wie ein Mann, der verhört wird. »Sie muss noch da drin sein.«

»Da war aber heute nichts. Das stimmt nicht Himmi! Du hast noch nie was Falsches zu mir gesagt. Warum erzählst du so was?«

Mädchen rief: »Weil es stimmt! Wir haben eine wichtige Nachricht reingeschmissen.«

Heike atmete laut ein und aus: »Und warum hast du nicht geklingelt?«

»Wir haben im Südbahnhof gewartet, bis du Feierabend hast. Wir haben zum Beispiel besprochen, was es für Konsequenzen hätte, wenn du uns begegnest ...«

Heike aber rief: »Warum hast du nicht geklingelt, Himmi! Ich hab das alles so satt! Jetzt sag mir das doch bitte endlich! Du kannst doch nicht mit dem Mädchen vor meiner Tür stehen und wieder umdrehen ...!« In dem Moment nahm sie seine Hand in ihre beiden Hände und zog relativ kräftig daran. Und mit jedem Ziehen rief sie ein oder zwei Wörter: »Willst du – dass ich – immer – nur – heule?«

Und da sagte Himmi etwas Unheimliches: »Ich geb dir einfach die Hand, bitte, die Hand. Das würde ich gerne tun. Vielleicht kannst du sie noch was halten.«

Ich hatte ihn noch nie so etwas Merkwürdiges sagen hören. Er sagte es nicht einfach so daher. Ich sah, dass er unglaublich erschöpft aussah, er hatte blasse Lippen und sein Kopf hing schief, auf eine Art schief, dass es aussah, als könnte er ihn nicht mehr gerade halten. Er flüsterte: »So muss es wohl sein mit mir.«

In dem Moment kamen zwei Polizeibeamte zu uns. Sie kamen ganz überraschend hinter unserer Bank hervor. Wir hatten sie gar nicht gehört, kein Auto und keine Sirene. Es waren ein Mann und eine Frau. Der Polizist sagte: »Ist jemand von Ihnen Herbert Himmen?«

Himmi stand sofort auf und sagte: »Ja.«

»Und du bist doch die Elisabeth Rosenbaum, oder?«, sagte die Polizistin zu Mädchen.

Und Mädchen hauchte leise: »Jaaa.«

Der Polizist sagte ganz freundlich: »Wir bringen das Mädchen jetzt zusammen zu ihren Eltern und Sie kommen danach noch mit uns mit.« Die Polizistin nahm Mädchen an der Hand.

Himmi wusste nicht so recht die Lage einzuschätzen und sagte: »Werden Sie mich jetzt fesseln?«

Der Polizist sah ihn einen Augenblick in Ruhe an und sagte: »Das ist nicht nötig.«

Wir standen alle auf, Püppi mit dem Weizenglas in der Hand, das er wieder aufgefüllt hatte.

Himmi sagte zu uns: »Dann mal Tschö.« Und dann ging er zu Heike, legte einen Arm um sie und dann, nach einem Moment, auch den zweiten, den Himmi-Arm. Er sagte: »Mach's gut.«

Heike drückte fest zurück, konnte aber nichts sagen in dem Moment. Sie heulte nicht. Sie konnte nur einfach nichts sagen. Auch dann nicht, als Himmi und Mädchen weg waren.

Nur Püppi sagte was, nämlich: »Da können wir ja jetzt wieder zurück, oder?«


Und zwei Wochen später ist Himmi gestorben. Er starb tatsächlich an fünf Flaschen Bier in der Nachttanke an der B 9. Die Eltern von Mädchen hatten Anzeige gegen ihn erstattet. Mädchen durfte ihn auch nicht mehr anrufen. Ihre Eltern waren ziemlich besorgt, weil sie nicht redete und den ganzen Tag in einer ganz komischen Haltung auf dem Stuhl vor ihrem Schreibtisch saß, die Knie übereinander und den Kopf auf die Hand gestützt.

Nach der Beerdigung ging ich zuerst nicht mehr so oft ins Happy. Ich ging dafür öfter mal ins Bla oder ins Zebulon, weil die auch gutes Bier und gute Musik haben.

Heike rief mich eines Abends an und erzählte mir, dass sie ein Fünfzig-Pfennig-Stück in ihrem Briefkasten entdeckt hatte, als sie genau hinsah. Das muss die Botschaft von Himmi gewesen sein.

Ich habe für mein Studium nicht mehr viel getan seit Himmis Tod. Ich kann mich irgendwie schlecht konzentrieren. Seit dem Herbst hat alle Welt davon geredet, dass mit dem Jahreswechsel 2000 alle Computer abstürzen und in der ganzen Welt das große Chaos ausbrechen würde. Ich war Silvester im Happy End und habe nach 12 Uhr mal rausgesehen, ob die Laternen ausgehen oder sonst etwas Auffälliges passiert, aber es passierte nichts. Auch am nächsten Tag passierte nichts. Die ganze Umstellung ging reibungslos zuende. Ich wollte es mir zuerst nicht eingestehen, aber es nervte mich. Ich hätte gern gehabt, dass etwas passiert! Ich hätte gern gehabt, dass alles zusammenbricht, mindestens mal alle Computerdaten gelöscht würden oder so etwas. Am besten wären alle Ampeln ausgefallen und Zehntausende wären mit ihren Scheißkarren ineinandergekracht und im Straßengraben gelandet. Das hab ich mir letzte Woche gewünscht, als ich Neujahr bei mir rumsaß. Aber es ist ja nichts Schlimmes passiert. Es ist gar nichts passiert. Klar, es war ja nichts. Gar nichts.

Zeitfracht Medien GmbH
Ferdinand-Jühlke-Straße 7
99095 Erfurt, Deutschland
produktsicherheit@kolibri360.de